JN101437

近未来へ向かう道はあるか

笠巻伸宏

22世紀アート

目次

第一部　シャトー　of　ハルカ

まえがき

70年も風雪に耐え、時代に翻弄され乍ら、戦中戦後を頑張り抜いた昭和と言う時代の勇者達！　さぁ！　重い鎧を脱ぎ捨て、出来れば世のはばかり者と、ならない程度に身も心も自由な終盤の人生を楽しみたい物である……しかし、この世は思う様に人を平和にしてくれない？　次々と立ち塞がる怪しい雨、そして風、矢張り生きると言う事は、覚悟や備えが必要なのだろう？……

直面する事案に対応出来る判断力を失わない様、孤独をやめ、身近な人間関係を常に強化する努力も必要な時代かも知れない……

鰥夫（寡婦）通り

情報化社会に於ける高齢化は、今迄と一味違う！　年齢による体力の減退はあるが、知的、経験的精神的な部分は肥えており、見た目は極めて若いのだ！

大沢治郎は、都内の中堅デベロッパーのT社で、建築設計の仕事をしてたが、定年を迎え、その後2年間下請け会社に席を置き63歳の時、故郷の新潟へ戻ってから今年、もう70歳になった。２人の子供達も其々に固唾き、もう夫婦２人となり最近までは、２人で近場の温泉や小さな山等を散策したりして歩いた。妻の浜子は、治郎より一つ年上で身長は１６２㎝で均整のとれた体型だったが、最近は、やや腰の周りに贅肉が付き本人も気にしていた。元々便秘症で時々下腹が痛んで苦しがっていたが、本人は医者に掛かる事が嫌いな性分で、町のドラッグストアーで売薬を買って飲んでいた、もう3年になる、８月のある日の午後、突然下っ腹に激痛が走り、心臓の鼓動も激しく、油汗が出て痙攣を起こしている、治郎は、如何対処していいか分からず、動転していたが、医者嫌いの浜子が、自分からお父さん救急車呼んで！　と促され慌てて１１９へ電話した、20分ほどしてサイレンの音が聞えている、間もなくサイレンの音は止まり、救急隊員が我が家の呼び鈴を押した。手際よくタンカーで浜子は運び込まれ、隊員に詳しい質問を受けながら、血圧、心電図等の器具や酸素吸入器を付けられて病院と連絡を取っている。病院が決定しN総合病院に担ぎ込まれた。検査の結果、大腸がんと判明し、緊急オペとなったが、もう既に体内に癌は広がっており、手術不可能と判断し、一旦開いた腹囲を閉じた。医師は治郎に「何で此処まで放っておいたんですか？」

と、説教され、点滴をされている浜子の痛々しい姿に覚悟を決めるしかなかった。治郎は、夕方子供達に連絡を取り、危篤を伝えねばならなかった。翌日夕方浜子は、駆けつけた子供達と治郎に看取られ、急ぐ様に71年の人生を終え旅立って行った……暑い季節であり、遺体の傷みを勘案し、慌ただしく家族葬も済ませた。翌々日、町内会長の木村がやって来て、「この度は、ご愁傷様でした、町内の規定により、お気持ちだけですが、御香典をお持ち致しました、」と神妙な態度で頭を下げている。治郎は、「わざわざ恐縮です、玄関先では何ですので、宜しかったらお上がり戴けますか?」と、頭をさげた。「それでは、少しだけお邪魔致します、」と、仏間に案内され、仏様に手をあわせた。治郎は、漆塗りの丸い手盆にお茶とお茶受けの一口羊羹を一緒に差し出した。木村は、「恐縮です」と言って茶碗を手に持ち一服すった。木村は、「この町内も高齢化が進んでおり、最近はあちら、こちらで葬儀があり、私のかっての仲間達も次々と冥土に旅立ってしまいました。寂しい限りです。お宅の奥様は、まだお若く元気そうだった、と近所の方々からも伺っております……ご存知かも知れませんが、この町内は500軒程有りますが、お宅を含めこの通りは、お宅と逆で、ご主人が先に亡くなるご家庭が多く、中年代の奥様方が、一人取り残されている家庭がこの通りだけでも8軒もあります、残された奥様達は、其々に仕事に付いておられますが、何方とは申しませんが、生命保険の外交員、サプリの勧誘員、スーパーのレジ係り、看護師、水商売の方、美容師、教職員等々色々ですが、一部に男性の出入りもある、との話もある様で、この通りは、「女寡婦通り」と、噂されている様です、」と木村は、意味あり気に大沢を見た。「一方、大通りの裏側は、奥様方が早死にするご家庭が多く、「男やもめ通り」と言われている様です。昔から、「男やもめに、蛆が湧く、女やもめに花が咲く!」と、言いますでしょ! 女やもめ達は、顔の色艶も良く、生き生きしていますが、男やもめ達は、陰気で人との接触を好しとせず、家の中は散らかっていて、顔色も悪く、身なりは風采が上がらない人が多い、と専らの噂です。」と、木村会長は世間話がお好きな様だ。……「大沢さん貴方は私と同年代でしょう?」と木村は聞いた。大沢は、「もう70歳になりました、」と言うと、木村は、私71ですから一つ私が上ですか? と、同世代の仲間がいる事に親しみを感じている、「大沢さん、貴方は、お年よりも相当若く見えますので、女寡婦達が近づいて来るでしょうね」と、意味有り気に大沢の顔色を見た。大沢は、初めてこの町内の状況を聞かされ、吃驚している。あり得ない！と、思う一方で、心の奥底に潜んでいた男の本能が持ち上がって来て、心の中で少し期待しているもう一人の自分がいた。……「いけない！　浜子の葬儀が過ぎたばかりで、あいつに申し訳ない」と、心の中で否定した……

女やもめ達は、最近地元新聞の「おくやみ欄」をよく観ている。近所の家で葬儀があると、あの家のご主人はこの度、奥さんに先立たれて独り者になったらしいわ? まだご主人は年の割りに溌剌として若いのよ?　と、女寡婦達は他の仲間達と噂し合い、男やもめに興味を抱く、そしてお互いに牽制しあって、私が先よ！　と、競ってアプローチを仕掛ける……しかし、男やもめとて、言い寄ってくる女性なら誰でも興味を持つ訳はない！　男を手玉に取って来たすれっからしは雰囲気で分かる、それに、個人的な好みだってある。男だってバカじゃない、相手の腹の内がすぐ読める薄っぺらな女性には余程じゃ無いと男は乗って来ない。……女寡婦達は亭主のいない日々を数年過ごし、盛りの付いた猫の様だ。今のご時世は、素性を知らない遊び相手ならその気になればいつでもチャンスはあるが、エイズや梅毒が恐いし、一旦、男に身を任すと、その後は弱みに付け込まれて相手の男はストーカーと化し、財産までしゃぶられる可能性だってあるし、意に沿わなければ世間で良くある殺人事件に巻き込まれる事だって無いとは言えない。所詮、不安とひと時の快楽は、瞬間のアバンチュールでしか無い！　しかし……女寡婦達は、何かに寄り添っていないと、心が満たされないのだ！　不安なのだ！　今の時代、子供達を頼る事は出来ないし！　「将来に向かって見通しがあり、安定した落ち着きのある生活がしたい！」ただその一点で焦っている……言わば自己都合の、虫のいい事を考えている、いや？　悲愴な迄も真剣で、悲しい時代なのだ！

○物語の序曲が始まる。

大沢治郎の家に一人の女寡婦が玄関のベルを押した。大沢は知らないが、近所に住んでいる40代後半の色っぽい女性だった。「突然お邪魔して申し訳御座いません、私、近くに居ります後藤と申します、初めまして……私、H生命保険のアドバイザーをしております。この度奥様のご不幸を新聞で拝見致しました。さぞご心痛だった事でしょう？　お悔やみ申し上げます、実は、私の夫も5年前に肺ガンで亡くし、幸いガン保険に入っておりましたので、何かと助かりました。大沢様は万一の時の保険は当然お入りでしょうが、今は、医療保険と介護保険の充実が決め手の時代に入っておりますが、大沢様は、より有利な医療保険にお入りでしょうか？」と尋ねた。「はい、私共はガン保険に20年程前から入っており、医療保険は10年前に加入致し、2年前に見直して再契約致しております、折角、お奨め頂きましたが、今は、間に合っております。」と笑顔で答えた。女寡婦の後藤由子は、大沢の完璧な答えに、入り込む隙が無く、仕事抜きで大沢の人柄に内心惚れたが、切っ掛けが掴めぬまま、居心地も悪く、作り笑いで退散するしかなかった。……

数日後、別の女寡婦の田村直子がやって来た。「今日は、突然お邪魔してご免なさい！　私、お宅の奥様と2年程前、長野のバス旅行がご一緒でお部屋も同室でした。この度は突然の悲報で、大変吃驚致しました。お参りさせて頂けますか?」と、小さな果物籠を持参している。大沢は「それは、それは、さぁ~どうぞお上がり下さい!」と、仏間に招き入れた。田村直子はお参りを済ませ、お茶を入れて貰いながら、当時の思いで話を大沢に聞かせた。「宿では、隣同士の布団に寝そべって、夜遅く迄、色んな話をして、とても楽しかったわ! 又、いつかご一緒しましょうね!」と約束していたのに……「そうですか! その後、あなたもご主人を亡くされた訳ですか?」「はい、去年……」「まだお若いのに……」「あら、私、もう58歳ですわ!」「でもお若い! お仕事は何かされているのでしょう?」と、大沢は聞くと、田村直子は、「主人の遺族年金が少ない物ですから、私、友達に勧められてネットワークビジネスをしています。」大沢は、「ネットワークビジネスって何ですか?」と大沢は聞いた。田村直子は「色々なシステムの組織があるようです、最近特に健康関連の商品を取り扱った物が多い様です、私、ミラプルーンの会員となって、新しいお仲間を勧誘しております」大沢は「テレビで、何とか言うタレントが出ているあれですね?」田村直子は「ご覧になっていますか?」「はい、偶然に……でも、商品はドラッグストアーで何処でも売られているでしょ?」と大沢は言った。田村は「似た様な他メーカーの商品はあるようですが、ミラプルーンは、店頭販売はしておりません。」と言い切った。大沢は、「きっと素晴らしい商品なのでしょうが、私は、元々こう言う健康食品には関心がない性分でして……妻が生きていれば興味があったのかも知れませんが……」と、やんわり断った。田村直子も、大沢にはそれ以上食い下がれそうもなく、退散するしかなかった。田村直子は後ろ髪を引かれる想いで、玄関のドアを開けた……

年が明け、雪解けの季節も過ぎて、瑞々しい青葉の季節に入った4月半端のある日の午後、青空が広がり気分がいい日だ。男やもめの大沢は、少し散歩しようと、自宅を出た。自宅から歩いて15分程の丘の上に日本海が見える公園がある、季節を感じさせる木々や草花が、バランスよく手入れされ、今は色取り取りのチューリップ畑が広がる大きな公園である。久し振りにゆっくり散策して、鈍った体を動かしてから、一息つく為、近くの長椅子に腰を下ろして心地よい風に身を任せながら、青葉の木々を何気なく見詰めていた。暫くまどろんでいると、一人の女性が近づいて来て、「今日は、」と声をかけて来た、他愛のない挨拶なのだが、男やもめの大沢にとっては、妻の死後、人との会話も無く、退屈で寂しい日々を過ごしていた事もあり、孤独が癒された気がして、内心嬉しかった。日頃は近所の人々とも余り積極的な付き合いのない男やもめにとって、他人と会話する事に内心飢えていたのかも知れない？　女性は、「隣に座っても宜しいでしょうか？」と、同意を得て、大沢から少し離れて腰掛けた。世間話をしていると、互いに何と無く波長が合い境遇まで分かり合えた。女性は女寡婦で67歳、互いに年齢も近く育った時代が共通する為、一人身の二人は、過ぎし日を振り返り時代を懐かしんでいる。お互いに隠れたベールを取り去って現在の境遇まで披瀝しあい、心が近付くのを感じている。女寡婦は結婚以来、二人の子育て、子供の進学問題、夫の転勤、子供達の結婚と、息付く暇もなく過して来て漸く「ホッ、」とした人生後半期に夫の定年を迎えて、その1年後、夫は急な病（心筋梗塞）で倒れ、そのまま亡くなった、と言う。悲しみに暮れていたが、古い友人に声を掛けられてから、寂しさと裏腹に一人身の自由を得た事に一時的に開放感もあり、以前いた会社の気の合う友人とよくお茶をして気分を紛らしていたが、日が暮れて、家で「ポツン」と、一人食事をする度に孤独と寂しさが込上げて来ました。今は、大型スーパーにテナントで入っている婦人服の店に週2回パートで働いております、と告げた。男やもめの大沢も、今の近況を女寡婦に話した。男やもめの大沢は、今迄、家庭の話は余り人に話さなかったし、そんな話をする事が何と無く己が惨めったらしく思い、避けて来たが今、不思議な位、心が開放され、初対面のこの人に心の中の別の自分が対応している様な変な気分なのだ？　自分でも今迄にこんな経験は無い！分からない？　でも気分はいいのだ！……2時間程時が経ち、その間行き交う人や景色は全く目に入らず、この人と会話に夢中になっていたらしい？　男やもめの大沢は、「ハッ」と、我に返った様に左手の時計に目をやった。後、5分で4時だった。男やもめの大沢は「今日は思いがけず、久し振りに楽しい時間を過させて頂き、有難うございました、4時半に歯医者の予約をしていますので、この辺で失礼させて頂きます」と、礼を言い立ち上がって頭を下げた。女やもめは、もっと話していたかったが、男の事情に納得し、又、何時かここでお逢い致しましょう！　と、手を振って見送った。……女やもめは、次の出会いを期待して、パートの日を除いて雨降り以外は、出来るだけ公園に出向いたが、手持ち無沙汰で間が持てず、最近、小さなオスの柴犬を一匹飼った。これで公園へ散歩に来る口実が出来、気持ちの後ろめたさも解れ、時間の有る限りせっせと公園へ出掛けた。その後は男やもめに中々逢えなかったが、２ヶ月程経って、梅雨の中休みの晴れの日午後3時頃、公園のあの時の場所から少し離れた二人掛けのベンチに男やもめは、深く腰掛け文庫本を読んでいた。雲ひとつ無い空に青々とした木々が深い緑色を際立たせている。近くの木に止まっているのか？　小鳥のさえずりが聞える。平日のせいか、小さな子供達が三々五々にママに連れられて、砂場やブランコ、滑り台で遊んでいる。老夫婦の散歩も何組か見受けられる。若い背広姿のセールスマン風の男がサボタージュなのか？　藤棚の近くのベンチで昼寝していた。女やもめは、過日出会った男やもめの姿を見付け、胸がときめくのを感じた。男やもめは、ブルーのジーンズに淡いブラウン系のチェックのシャツを着てブラウン系のウオーキングシューズを履いていた。メタルフレームのメガネを掛けて本に集中している様だ。女やもめは傍に近づいて、「今日は、お久し振りです……」と、声を掛けると、男やもめは、本から視線を転じて声のする方を見た！　「やぁ、何時ぞやはどうも……」と、過日の女性である事を思い出し、挨拶をした。女やもめは、「お元気でしたか？」と、暫く、顔を見なかった事に気遣った。男やもめは、「日々の雑事に追われておりました。貴女もお元気そうで何よりです、犬をお飼いになりましたか？」と、男やもめは聞いてみた。「ええ、私、一人住いで、この頃は何かと物騒ですし……それにお話し相手に、この仔犬と、お喋りしています。」と、口元が笑っている……男やもめは、「それはいい！　一人暮らしは寂しいでしょうから……よく分かります！」と、相手の心を察した。この前の会話を思い出し、「ご子息は東京でしたっけ？」と、聞いてみた。「ええ、この頃は仕事も忙しいらしく、連絡もありません、お嫁さんの実家が、鎌倉なので、よく家族で行き来している様です、私には目もくれません！」と、寂しそうな顔をした。「そうですか？　それはお寂しいですね！」……「そうそう、申し遅れましたが、私、大沢と言います、五番町に住んでいます」と、男やもめは、初めて名乗った。女やもめは、「私、永井と申します、私も五番町ですが、偶然ですわね？　五番町も班が多くて外れの方は、分かりませんもの？　お聞きする迄、私、大沢さんの様な素敵な方が同じ町内にいらっしゃるなんて……」と、吃驚した様子だった。大沢は、２ヶ月程前、初めて会った時は横に並んでベンチに座っていたせいか？　よく顔や、姿を観察していなかったが、今、真正面に女やもめの永井さんと名乗った女性と、相対している。髪はセミロングで波打っている、目は大きく輝いて、鼻筋の通った１６０㎝程の薄化粧で都会的な女性である。上着は淡いレモンイエローの半袖ブラウスの襟元に細いネックレスが輝いている、白に近いベージュ系のスラックスとライトグリーンのカジュアルシューズを履いていた。見た目はとても67歳とは思えず、女の輝きも感じられる。男やもめは、彼女がまぶしく見え、目を合わせる事を、ためらった位だ。目を合わせると、その大きな黒い瞳に吸い込まれそうな気がして、一瞬、防御反応が無意識に働いたのかも知れない？　正に愛のブラックホールに直面した思いだ！　永井美香は、にこやかな笑顔で「大沢さん、隣に座っても宜しいでしょうか？」と、しなやかな手を向けて確認した。男やもめの大沢は、「どうぞ！」と言って、自分の位置を少し横にずらして、狭いスペースを気持ち広げた。女やもめの永井は、子犬のロープを、すぐ脇の、まだ成長過程の若い百日紅の木に結んでから、男やもめの大沢の隣に「失礼します」と言って徐に腰を下ろした。永井美香の引き締まったお尻が、大沢治郎の腰から尻に接触して柔らかく温かい感触が直に男やもめの大沢に伝わって来た。男やもめの大沢は、久し振りに女性の体が、ぴったり己の体に触れ何とも言えない心地よさを感じている……二人は2ヶ月前に初めてここで出会って、どちらからともなく日々の出来事を互いに話し合う事にためらいはなかった。大沢は、自分の頭文字の「O」と、永井さんの頭文字の「N」で、直感的に「ON」のスイッチが入ったのか？　と思った。大沢は今迄の自分でない位、素直に言葉が沸いてくる事に自分自身が驚く程だ！　「永井さん、あなたの下の名前を聞いてもいいですか？」と、大沢は尋ねた。「私、美香と申します、大沢さんのお名前は？」と、美香はいたずらっぽい笑顔で尋ねた。「僕は、大沢治郎と言います」美香は、「男らしいお名前ですわね、数字の二の二郎さんですか？」

と、聞き直した。大沢は笑顔で「サンズイで治めるの治郎です」と、言うと、美香は、「失礼致しました、立派なお名前ですわね！」と、白い歯を見せて笑顔で気持ち体を治郎に寄せて来た。治郎は左側の腰から上半身の腕にかけて柔らかな美香の体温を感じ、少し照れている……熟年のほのかな愛を一瞬感じ取り、若い頃の初恋の時代が治郎の頭を過ぎった。「いけない！」治郎は「はっ」として、現実に戻り、まだ女房の没後10ヶ月が過ぎて間もない今、こんなに浮かれていていいのか？ と、身が引き締まった。美香は治郎の心の動きを何となく察したのか？ 気持ち体を戻して、話題を変えた。「今迄殆ど来なかった高校時代の同級会の案内が、最近年2回位送られて来るんです」と、美香は困った様な顔をして、治郎を見た。治郎は、「それはいいですね！ 懐かしいでしょう？ 同級生は皆元気でしたか？」と聞くと、美香は「1年前、部活で一緒だった友達に誘われるまま初めて出席してみましたが、当時、話もしたことの無い男性が12人と、女性は私と誘ってくれた彼女ともう一人の3人合せて15人程集りましたが、懐かしさと言う感情は全く無く、寧ろ話題も合わず、時間に耐える苦痛だけが残り、2次会の誘いを断って早々に帰宅致しました。その後も案内状が来て断りの返事を出していましたが、更に電話までしつこく来るんです、その上、嫌な噂も耳に入り、ある同級生が男性達にストーカーまがいに追いかけられているとの話もある様ですし……気味が悪いんです」治郎は、「それは厄介ですね？ 美香さんの様に美しく、更に一人身であれば、何かと狙われているのかもしれませんね！ 気をつけて下さい！」と、本心で心配した。美香は「私、大沢さんと偶然、お近づき出来、顔見知りとなった事で心の不安が消えて行く様です、ご迷惑でなければ、これから話し相手になって頂けますか？」と懇願する様に治郎の顔を覗き込んだ。……思わぬ美香の言葉に治郎は、一瞬心臓の鼓動が波打つのを感じた。

治郎は妻の死後、掃除機や洗濯機や炊事するまな板の音等の適度の雑音と他愛のない日常会話を仕掛けて来る妻のいない静寂がどれ程、孤独で寂しいか？　身を以って実感しているので、買い物等の外出以外、家にいる時はテレビかラジオを付けっぱなしで、ニュース以外は、それを音として聞き流し乍ら、新聞、雑誌等を読む生活をしている。治郎は無意識に音に飢えているからか？

「美香さん、こんな僕で宜しければ、話し相手は願ってもなく大歓迎です！　僕も楽しみが出来、生活に弾みが付きそうです、時々こうしてお逢い致しましょう！」と、言葉を返すと、美香は満面の笑顔で「有難う御座います、よろしくお願い致します」と頭を下げ、治郎の左膝の辺りに自分の手をそっと乗せた。治郎は、美香の心を感じている……治郎はどちらかと言えば、若い頃は、柔道部で活躍した硬派に属し、大学では建築設計を学んで、中堅どころのゼネコンに入社して定年迄に3回地方に転勤して、東京本社で定年を迎えた所謂、男くさい世界で過してきた身であり、業界特有の事情もあり、清濁合せ飲む事の多い仕事だが、どちらかと言うと、曲がった事が苦手な性格で、若い頃は、上司とはよく口論になったりしたが、きっちりした仕事振りで、ユーザーからの信頼もあり、評判は良かった。常務からは目を掛けてもらっていたが、正道を曲げない不器用なところがあり、同期より出世は遅れ、部長止まりで定年を迎え、関連会社で2年程、無駄飯を喰わせて貰いその後、故郷へ帰って来たのだった。治郎にとってビル群に囲まれた殺風景な都会から、故郷の田舎は、少し郊外へ車を走らせれば、草木や田畑も多く山や川の自然が豊富で、やはり気持ちが安らいで、ふるさとは良いものだ！　と、里帰り後はしみじみ思った。……思い起こせば若い頃、日本の高度成長時代であり、都会のビル群や、メトロに憧れ、人波に揉まれて歩く事に寧ろ、俺は都会人になった！　と、優越感すらあったが、年を経る度に毎日が無味乾燥で、体もヘトヘトになっていた。だから、田舎へ帰って来てからは、寧ろ気分がリフレッシュされて、元気が出て来た矢先に、妻の浜子の予期せぬ突然の死に当惑したのだったが……今、永井美香との不思議な出会い、そして、少し心が「ときめく」ものを治郎は感じ始めている……人生とは何か？……出逢いか？……でも許されるのか？……いや、話し相手ならいいのでは？……罪なのか？……神が、いや、浜子が巡り合わせてくれたのか？……治郎はいろいろ頭の中で交錯している……一方、美香は夫の死から6年程経過して、すっかり自分を取り戻し、今、新しい人生の軌跡が始まる可能性を感じ始めている。

女性達は、多くの男性達と違い、人生の進め方、歩み方、の切り替えが早いのかも知れない！……美香は、治郎に向かって「日頃食事は、如何されていらっしゃいますか?」と聞いてみた。治郎は、「今迄は、家内に任せっぱなしでしたので、今の僕の料理は明らかに稚拙で、不味い乍ら止む無く作って食べています、当初はスーパーの出来合いの惣菜を買って済ますか、インスタント食品で間に合わせておりましたが、毎日だと流石に飽きが来て、今は、何かと材料を買い込んで試行錯誤を繰り返しながら挑戦しています。」と、照れ笑いしながら頭を掻いている！　美香は、その微笑ましい仕草を見て、治郎さんが、不器用に炊事、洗濯、掃除、買い物等をしている姿が、脳裏に浮かび、何と健気で男らしい人でしょ、と益々、治郎を支えてあげたい気持ちが沸々と沸き上ってくるのだった。そして、手伝って差し上げたい！　と、心の中で純粋にそう思った。それは、美香の女性ならではの母性本能なのだろう？　この方に私だけの美味しい食事を作って差し上げたい！　と、固有の恋愛意識が働いている……「ご立派ですわね！」と美香は、一言だけ呟いた……美香は、何十年振りに恋心が芽ばえて来た。しかし、一方で、でも私、今67歳よ！　いいのかしら?……と、ためらう気持ちが一方では少しある。……「昭和22年生まれの美香は所謂、団塊の世代で、戦後の荒れ果てた国土の復興を誓って日本国民が、挙って立ち上がり、戦地から復員した若者達も心を新たに日本の復興を誓う槌音が聞える中、昭和22年〜24年は、ベビーブームとなり、戦後の人口構成に大いに寄与し、その後の日本の発展に力を発揮した世代となった。その入り口の年に美香は生まれたのだった。戦後の親達が、わが子を宝物の様に大切に育て上げ、新しい時代を夢見て、苦しかった自分達の轍を踏ませない様に心を砕いて育て上げたのだった。そして、これからは、教育と知識が重要になる！　と、子供達にはより上の教育を受けさせる為、教育費は惜しみなく注ぎ込んで、その分必死に働いた……そんな親達の庇護のもとで、育った団塊の世代……更にその子供達が今、世の中に出て次の日本の将来を担っているところだ。彼等も色々な問題を孕んでいる。戦後世代の治郎や美香達は、世の中の役目を一応終えて、終盤の人生に向かっている。古い日本の仕来たりと、高度に発達した最新文化の両面をこの団塊の世代前後の人々は両時代を経験し、考え方に柔軟性が在り気持ちも若い！　しかし、決断力はやや遅い。これは、日本独特の社会現象であり、そんな風に社会人として育てられた結果だろう?……軟弱、曖昧、はっきりしない、ファジィ結論がすぐ見えず、話がそれ以上進まない為、昨今のグローバル社会では外国からは、日本人に対し、苛立つ声も最近まで聞えて来たが、今は、結論も早く出さねば国益に影響が出る為、改善が進んでいる様だ。金融の世界ではコンマ何秒の結論と意思を求められるせっかちな時代だ。対応が出来なければ、金利や為替取引で瞬間に数百億、数千億の損害を被る事もある厳しい時代だ。昔の様に悠長で、風流な文化を育んで来た日本人にとって、タイムラグがない時代なのだ。」……

○心に仄かな色が付く。

　でも……私は、治郎さんがとても好き！　と、美香は心で誓った。「大沢さん、今度此処でお逢いする日に、私、お弁当を作って来ますので、一緒に食べて頂けますか？」と、美香は聞いた。大沢は、「エッ！本当ですか？　それは楽しみですなぁ！」と、はしゃいで見せた！　大沢は本当に嬉しそうだ！　その言葉に美香も「嬉しいわ！　一緒に食べられるなんて……」と、女学生の様にはしゃいでいる……「大沢さん、何時、都合がよろしいですか？」美香が聞くと大沢は、「僕はこの通りいつでも時間は有ります、あなたのご都合の良い時でいつでも構いません！」と笑った。美香は、じゃぁ～と、左肩に掛けられている小さなハンドバックから手帳を取り出して、一応仕事のスケジュールを確認し、「今度の金曜日午後1時に如何でしょうか？」と、大沢の顔を覗いた。「いいですねぇ～楽しみですね！　3日後も天気がいい事を願うばかりです！」と大沢は空を見上げた。美香は「もし、雨降りだったら如何しましょう？」と、美香が尋ねると、大沢は笑顔で、「折角のご提案ですし、雨降り位で僕は諦めたくありません！　本当に楽しみなのですから～　如何でしょう？　生憎の雨なら僕は、此処の駐車場迄、車で来ますから、僕の車の中で、ハイキングの気分で、ご一緒に如何でしょう？」と、提案した。美香は大沢の思わぬ提案で内心嬉しかった、お互いに気分が盛り上がった所なのに、雨でデートが流れたら大沢との距離が少し遠くなる様な気がして不安だったので、内心ほっとしたのだった。しかも車とは言え、二人だけの空間で、しかも、誰にも邪魔されず食事が出来る！　美香は、こんなシチュエーションは想像をもしなかった。美香は雨降りなら、大沢を自宅へ呼ぼうか？　と、一時思ったが、近所の手前、変な噂を広げられたら、大沢さんにも迷惑を掛けてしまう心配がある……どうしよう？　と、悩んでいたのだった。美香の2軒隣の吉野さんの奥さんは、最近パートを辞めて毎日自宅にいる様だが、いつも外にいて誰彼となくおしゃべりをしている人で、人の噂話が大好きで、ある事、ない事、大袈裟に告口する事で評判の煙たい人だった。美香も人から色んな噂を聞かされ、気味悪い人と警戒していたので、やたらに人は呼べない！　と、思い直し……大沢の想定外の提案で「ほっ」として、笑顔で同意した。大沢にとっては、弁当とは言え、何しろ久し振りの家庭料理が味わえる！　との思いで喜んでいる。美香も久し振りに好きな人への手料理が作れる！　と、内心わくわくしていた。

○熟年の変わったデート

……指折り数えた金曜日、美香は何時もより1時間も早く起きた。気持ちがそわそわしている、歯を磨き顔を洗ってから、髪を整え薄化粧してからパジャマを普段着に着替えて朝一番に、一般ゴミの袋を近くのゴミステーションに出してから、何時もの様に朝食の支度をした。シシャモを3匹焼き、昨夜の切干大根、玉葱、しいたけ、人参、ごぼうに厚揚げの入った煮物の残りを温め、豆腐の味噌汁とキムチの漬物でゆっくり食事を取った。美香は、朝食後、小さなグラスに米酢を15 cc注いで、りんごジュースで割って呑むことを此処10年程続けている。お陰で体調は良くこの所、風邪も滅多に引かない。美香は酢のグラスを片手に持って少しずつ口に運びながら、テレビを見ている。今朝は少し曇っている、天気予報は雨、やはり雨が降りそうな予感がする、朝刊にさっと目を通してから立ち上がり、お風呂のスイッチを入れてから、シャワーで体を入念に洗い流し、バスローブに身を包みシャワー室を出た。美香の鏡台に座って髪をドライヤーで乾かし、整えてから、ゆっくりと化粧をしている……9時半頃、お米をとぎ、用意していた炊き込みご飯の素を炊飯器にセットしてスイッチを入れた。そして、昨日用意していた弁当の材料を冷蔵庫から取り出して下準備に掛かった。……今日の弁当の献立は、治郎さんが会話の中でよくトンカツを好んで食べている話をしていた事を記憶していたので、先ず、ヒレカツとキャベツの千切りは外せない！　ヒレカツは食べ易い様に丸く揚げてタッパーに一杯詰めて、キャベツは他のタッパーに一杯入れておく、他に、わかめと蛸とホタテのマリネと、香味の漬物、ポテトサラダ、美香得意の玉子焼きと、五目のおにぎりを食べやすい様に、一口おにぎりにして細くノリで巻いて、タッパーに詰めようと考えている……お茶とコーヒーは、１ℓ入りのそれぞれのボトルに入れて置きましょう！　デザートは何がいいかしら？……荷物が嵩張るわ？　持てるかしら……と、美香は心配になった。でも、荷物が重たければ、晴れても雨でも、私の軽自動車で行く事にすればいい！　と、決めて落ち着きを取り戻した。……美香は少女が修学旅行へ行く日の、あのときめきを又、思い出した様だ。……11時半頃弁当の支度が、ほぼ予定通りに終り、ほっと一息ついて紅茶を用意し、ゆっくり飲み干した。そうそう、デザートを買ってこなくっちゃ！　と、立ち上がり、自宅から20 m程先のケーキ屋へ行く為に愛用のアルトに乗ろうとした時、ポツポツ雨が降って来た。やっぱり天気予報は当たった、でも、美香は逆に雨の中、治郎さんと二人だけの空間にしばし浸れるロマンチックなシチュエーションを思い浮かべる時、今日の天気に感謝したいと思っている。……12時半、雨脚が少し強まって来た。これ以上強く降らなければいいが、と美香は、又心配になった。今の内に荷物を車に積んでしまおうと玄関を開けた。車に荷物を積み終えると12時40分、ここから公園までなら、5～6分だろう？　美香は、一旦家に入り、服を着替えた。雨模様なので、スリムなホワイトジーンに綿ポリ混の襟元はフリル使いのパステルグリーン系の花柄のオーバーブラウスを着て、鏡に向かい化粧を整えてから、アイボリーのバックベルトのパンプスを履き1時5分前に家を出て車を走らせた。雨は適度にフロントガラスを濡らしている。ワイパーを間欠ワイパーにして、雨を拭い乍ら1時に公園の駐車場に入ると、治郎は既に来ていたらしく、入り口の一番奥に治郎のワンボックスカー（ボクシー）がクラクションを小さく、プッ・プッと、鳴らして手を振っている。幸いボクシーの隣は2台分空いていたので、美香は迷わずその隣に自分の車をバックで入れた。「今日は！」美香は運転席のドアを少し開け治郎に挨拶をした。治郎は、助手席の窓を少し開け、「今日は、今日はお世話になります！」と、挨拶を返した。そして、運転席のドアを開けて傘を差し美香に近寄りドアを開け、「やはり雨でしたね～！　さぁどうぞ、僕の車に乗りませんか?」と、美香の頭上に傘を差し向けた。「有難う御座います」と美香は微笑んだ。「荷物は僕が積み込みます！　美香さん雨に濡れない様に座っていて下さい」と、治郎は、何十年振りにナイトになった。美香は治郎を頼もしそうに見ている……美香の荷物を残らずボクシーの後ろの席に積み終えると、美香の車を施錠し、ボクシーの2列目の席をフラットにして、3列目の席に2人並んで座った。……

浜子がいた頃は、この車でよく、ハイキングをして廻ったので要領がよく、この車に合せて使い勝手の良い折り畳みのテーブル迄、治郎が設計し、職人に作らせたのだった。美香は治郎の段取りの良さに感心しきりで、心の中では……私の理想の人に回り逢えたわ!! と、思わず口を滑らす処だったが、「グッ」と、飲み込んだ。美香は、積み込まれたバッグを開いて食事の支度に掛かった。治郎は、何が出てくるか？ 興味深く美香の手の動きを眺めていた。治郎は、「美香さん、僕は往年のジャズやポップス、映画音楽等が好きで、よく一人で聴く事が多いのですが、あなたは、ジャズ、ポップス等はお好きですか？」と、問いかけた。「えぇ～、以前はセリーヌ・ディオン、バーブラ・ストライサンド、ホイットニー・ヒューストン、デニス・ウイリアムス等々を良く聴きました。」「そうですか！ あなたとは、趣味も共通するものがありますね～ 僕は、ジョニー・マチスや、アンディ・ウイリアムス、サラ・ヴォーン、カーメン・マクレエ、ルイ・アームストロング、ペギー・リー等々好きなアーチストは沢山おりますが、この頃時間を持て余しておりますから、又、昔のCDを引っ張り出してきいています。」「懐かしいでしょ～私、この頃すっかり心にゆとりが無くなって、ジャズや映画音楽等、聞く暇もチャンスも無くしておりました。治郎さんは、心のキャパが大きいのですね～」と、食事の支度をしながら、治郎の顔を覗き込んだ。「いや～お恥ずかしい、宜しかったら、今、CDが何枚かダッシュボードにありますので、1枚聴いてみますか？」「ええ、お願いしますわ！」美香は同意した。治郎は、「じゃぁ、イージーリスニングの分野を広めた、あなたもご存知のポール・モーリアをお掛けしましょう！ シバの女王、恋のアランフエス、ララのテーマ、パリのめぐり逢い等、懐かしい曲が入っています」と言って、ナビのデバイスに挿入した……治郎は何時もよりボリュームを少し下げた、懐かしい曲を聴きながら、二人は、美香の用意した食事を口に運び、美香が沸かして来たコーヒーを美味そうに飲んでいる……外は陰気な雨が降り、公園に来ていた人々もいつの間にか立ち去った様だ。治郎と美香の車内は、ホットムードに包まれている……治郎は一瞬、若い頃によく読んだ、徳富蘆花の短編詩を思い出した……〝雨は人を慰む、人の心を癒す、人の心を穏かならしむ、真に人を哀しましむるものは、雨にあらずして風なり……〟の詩が浮かんで来た。しかし、現在はどうだ！　昨今は地球規模の変動による、雨の大被害が各地で凄まじい勢いで起こっている時代に様変わりし、雨を愛でる時代は、遠い思い出となり、情緒無き時代に様変わりした事は真に哀しむべき事だと、治郎は思い乍らこの先の時代に多少の不安を感じている。……一方、美香は、「懐かしいわ！　私もポール・モーリアは好き！　恋のアランフェスはやはり素敵だわ！」と、少しうっとりしている……治郎は、美香が作った好物のヒレカツを口一杯に頬張り、「美香さん、美味しいです！」と、現実にお腹の空腹部分を満たしている。そして、キャベツの千切りを口に押し込んで、無心に食べている治郎の姿を見て、美香は、内心、本当に良かった！　と思っている。治郎の屈託のないひた向きな人間性に、美香は、我が子をいとおしむ様な眼差しで、微笑んでいる。治郎は、タッパーにぎっしり行儀よく並んでいて、食べ易そうな、おにぎりの一つを取り出し、口に入れた。「美味しい！」又々、感激！　美香の人間性を治郎は出来た人と、思った。治郎は、別のタッパーから卵焼きを取り出し、「美味しそうですね！　色も形も美香さん、プロの料理人が作った様な出来栄えですね！」と、褒め称えた。私は主婦として今迄通りに作っただけなのに……ただ、今回は気持ちが、いや、淡い恋心が料理に乗り移ったのかも知れないけど……しかし、こんなに喜んで頂けたなんて、作って来た甲斐があった、と心の中で治郎に感謝した。「どうぞ、沢山召し上がって下さい！」と、勧めた。……42分のCDが終わった。美香の用意した弁当の殆どと言って良い位一人で平らげた。美香も満足している。……美香は、ほうじ茶の入っているボトルから紙コップに二つ注いで、食後のお茶を二人で飲んでいる。それから、デザートのフルーツアラカルトのカップを取り出し、今度は又、コーヒーを別のカップに注いでいる。治郎は、今度、リチャード・クレイダーマンのピアノ曲をセットした。木漏れ日の詩、鏡の中のアンナ、母への手紙、星空のピアニスト等々心に残るピアノの響きに、美香は、うっとりしている……外の雨は強く降り始めたが、車内の空間は、愛で満ちていた。食事も終わり、時計は3時少し前を指している。治郎は体中が充電された気分だ！「素晴らしい食事のひと時を大変有難う御座いました、こんなに満足し、充実した食事に巡り逢えたのは、私の長い人生で、久し振りです」と、治郎は、美香に感謝した……「美香さん、雨は上がりそうにありませんね？　如何でしょう？　急ぎの用が無ければ、これからカラオケでも如何でしょう?」と、誘って見た。美香は「えぇ～　治郎さんが宜しければ、お供いたします」と、同意した。「僕もカラオケは久し振りなんです、歌は、うまくありませんが、歌っていると心が解れる気がするんです、美香さんは如何ですか？」と、治郎は聞いてみた。「私も歌は得意じゃ有りませんが、以前は、友人に付き合わされて、何度か歌っている内に人前で歌う事に違和感は無くなり、ストレス発散も出来、声を出す事が楽しくなりました。」「それはいい！　じゃぁ行きましょう！　僕は昔の歌しか知りませんが、退屈しませんか？」と、治郎は尋ねると、美香は、「私だって同じです、人間の育って行く過程で、歌はその時代に心に響いたり、勇気付けられたり、反省させられたりする情緒教育のスパイスだと思うんです、ですから、何万曲、何十万曲とある歌の中で自分の心に残る歌が、自分なりに消化されて自分の応援歌になる様な気がします。だから、無理に背伸びをして今風の波長が合わない歌を覚える必要は無いのではないか？　と、私なりに思っているところです。生意気言ってすみません！」治郎はハッ、として、美香の確立された考え方に、美香の確りした人間性を見た気がした。「仰しゃる通りですね！　あなたは、やはり確りしていらっしゃる、じゃぁ、気兼ねなく昔を懐かしんで歌いましょう！」と言って、治郎は運転席に移動した。美香の車は、此の侭この駐車場に置いて鍵を掛け、治郎のボクシーを発進させた。西大通から小針十字路を直進し、有明大橋を渡り切ると信号を川に沿ってすぐ右へ廻り、水道橋を通過して左に折れ、県庁の裏側を信濃川に沿って走り、Ｎ．Ｑ．Ｔテレビ局を右に見て、万代橋手前のスタンドを右へ曲がるとすぐ、バスセンタービルが左にある。その前を通過すると１５０ｍ左角にＳカラオケビルがある。此処は、新潟駅から歩いても、そう遠くは無い、万代地区である。治郎は、久し振りにわざわざ家から遠い駅前のカラオケルームに美香を誘ったのだった。公園の近くにカラオケルームは2軒程あるのに、治郎はあえて老舗のSカラオケに美香を案内した。今日は、平日であり、時間も3時半と、お客は少ない時間帯である。受付をして、2階の5号室へ案内された。治郎はコーヒーとケーキを二人分オーダーし、二人で選曲をしている、治郎は、裕次郎や五木ひろし、杉　良太郎、堀内孝雄、小椋　佳、矢沢永吉等々の歌に思い入れがある。美香は、「往年のJポップで、荒井由美（松任谷由美）、五輪真弓、やデュークエイセス、等のムード歌謡、荒木とよひさ・三木たかしのコンビによる一連のヒット曲となりました、テレサ・テンの　つぐない、時の流れに身をまかせ、愛人、別れの予感等々をよくカラオケで歌っていました。でも、国民的歌手の美空ひばりの歌声は、小さい頃からよく耳に入り私は、好きな歌手でした。」と、言った。治郎は、「懐かしいですね！　あのテレサ・テンの歌が聞きたいなぁ～！」と呟いた。美香は「じゃぁ、私、テレサ・テンの　時の流れに身をまかせ、を歌ってみます」と、美香は、意味深な物言いをした。治郎はリモコンをセットして、自分は、五木ひろしの　浮雲を入れた。そして、流れが良い様に、美香に5曲ずつセットして置きませんか？　と、提案し、交互に1曲ずつ好きな曲を選んでリモコンにセットした。美香は、テレサ・テンを3曲と、五輪真弓の残り火、美空ひばりの愛燦燦を、治郎は、必殺仕事人の　鏡花水月、五木ひろしの　風雪に吹かれて聞える歌は、杉　良太郎の　道標、小椋　佳の　めまい、を入れ、10曲連続で歌える様にした…

…テレサの歌が画面に映し出され、美香の歌声が始めて聞こえて来た。美香の声は、ビブラートの効いた透き通る声をしていた。治郎は、「素晴らしい！　なんと美しい声なんだろう！」と、呟いていた……美香は歌い終わり、「恥ずかしいわ！」と、頬を両手で押さえている……でも自分でも納得の行く出来だと思った。画面は次の　浮雲が映し出された、治郎はマイクを持ち、歌い始める……久し振りの声出しに少し力が入ったのか？　声が硬い様だ、でも、徐々にペースを掴み無難に歌い終えた。美香は、治郎推薦のテレサ・テンの曲を次々と歌った……やっぱり上手い！　治郎は、絶賛して手を叩いている。治郎が、鏡花水月を歌い終わると、美香は、「治郎さん、色々歌を知っていらっしゃるんですね！　聞き入ってしまいます！　素敵！」と、褒め称えた。「いやぁ～　僕は、仕事上　酒の付き合いが多かったので、カラオケも一時期は、毎晩の様に付き合わせられた事もありました。ですから、知らず知らずにレパートリーも増えて来たんじゃないかと思います」と、打ち明けた。「男の人は、何かと付き合いが大変だったのでしょう？　分かる気がします、私の夫も昔はそうでしたから……」と理解を示している。……「もう、美香さん僕達30曲近く歌いましたね、流石に声もかすれ始めている。久し振りで少々疲れましたね！あなたは如何ですか？」と、治郎は額の汗をハンカチで拭った。「私も、正直疲れましたわ！」美香も同意した。「もうこんな時間か？」と、治郎は時計を見て、間もなく6時を指そうとしていたので、「美香さん、お腹空きませんか？　僕は、少々減って来ました、隣にレストランがありますので、如何ですか？」

と誘った。「えぇ、久し振りに声を出しましたので、いい運動になりました、お腹も少々減った気が致します。」「行きましょう、隣ですから……」治郎と美香は、階段を下り、治郎は、会計を済ますと、美香を誘導して、外へ出た。雨は上がっていた。歩いて1分、レストランの自動ドアを通過するとボーイが静かな店内へ案内した、落ち着く雰囲気だ、案内されたテーブルに向かって腰を下ろし、メニューを見て、今日のコースを確認して美香に「このコースでいいですか?」と、聞くと、「お任せします」と、美香は言った。治郎は、「じゃぁ、魚介と野菜のカクテルロワイヤルを」と、注文した。かしこ参りました、お酒は如何致しましょう? 「そうですね~では、ビールをお願いします」と、治郎はオーダーした……冷えたビールがテーブルに置かれボーイは栓を抜くと二つのグラスにビールを注いだ。二人共、喉が渇いていたのか? 冷えたビールが心地よく喉を潤した。治郎は「美味しいですね!」と、美香に同意を求めると、「美味しいです、生き返る様ですわ!」と、微笑んだ。料理が次々と運ばれて来る……帆立貝柱のティヤン、グリーンアスパラガスのサラダ、トリュフのヴィネグレット、……極上赤みのマグロ、海老、等の盛り合わせ、真鯛と野菜のリュバン、海老のクリスティヤンとブールブランソース、黒毛牛サーロインのグリエにフォン・ド・ヴォーソース　ビールをもう少し飲みたかったが、流石に今日は車であり、酒酔い運転は慎まねばならない、治郎は酒には強かったが、レディーを乗せて万一捕まっては、ナイトの名折れである。今日は我慢しよう! パンを口に運びコーヒーをすすって、デザートを食してから、一連のディナーは、終了した。「治郎さん大変ご馳走様でした、美味しかったわ！」美香は満足そうに笑顔を送った。「一旦此処を出ましょう！」と治郎は、会計を済まし、美香をかばう様にドアの外へ出た、まだ雨は収まっている。時計は7時半、治郎は、「今日は私の想い付きで、あなたの時間を無理に戴きました、有難う御座いました。もう少しあなたとお話がしたい気分なのですが、お酒は無理ですので、お茶でも飲みながら9時頃迄、雑談いたしませんか？」と、誘ってみた。美香もこの雰囲気をもう少し、浸っていたい！　と、思っていたので、「はい！　私も今日は家で洗濯をするだけですので、時間は有ります。もっと治郎さんのお話をお聞きしたい気分ですし……」と、返した。「じゃぁ、此処から近くに北映ホテルのティーラウンジがありますので如何ですか？」と言うと、美香は一瞬、気を廻して誤解しそうになったが、治郎の落ち着いた澄んだ瞳が狼じゃない事を察して同意した。心の中では、でもこの人に愛されたい！　との思いも一方ではある。女として、当然の心理だろう？……ティールームは、明るさをセーブした間接照明で、テーブルにブルーやグリーン、ピンクの小さなスタンドが其々のテーブルに配置されていた。窓は一面視界の利くオープンウィンドウで周りの夜景が手に取る様に見える。二人は窓側のグリーンのライトのテーブルに二人は案内され、コーヒーとチーズケーキをオーダーした。二人は何となく〝ホッ〟として、今日の午後からのデートに満足げだった。カラオケでは、裕次郎の夜霧よ今夜もありがとう、やブランディグラス、二人の世界等々を一緒に肩寄せて歌った、楽しかった！　治郎は、「今度、何時かお酒を飲みながら、又歌いたいですね～」美香は、「私達まだ、人生の時間がたっぷりありますもの！　ゆっくり過しましょう！」と、治郎を見詰めた。治郎は、美香が「私達」と表現した事に、この人は心を開いて僕を、受け入れているのか？　治郎は嬉しかった。二人の話は、又ジャズの話に移っている、「美香さんはバーブラ・ストライサンドが好きでしたね？　実は、僕も一時期バーブラの声に魅せられて、良く聞きました、エバーグリーン、レーズィ・アフタヌーン、マイハート・ビロングス・トゥミーは、特に良く聞いておりました。」「あら、治郎さんもバーブラがお好きなんて、偶然を超えておりますわ！　私、どうしたら良いのかしら？　エバーグリーンは、確か彼女の作曲で「スター誕生」の映画で歌われた曲で、アカデミー賞を取ったと思います、彼女は、１９６０年代の才能のあるアーチストでオスカー、エミー、グラミー、ゴールデングローブ等の数々の賞を取って、いつも全米チャートの上位に君臨していた人でしたね！」「美香さん詳しいですね～」と、治郎は感心して美香の顔を眺めている……治郎は、「彼女は、確か１９４２年生まれでもう、70を超えておりますね！　あの頃のアメリカはショービジネスの全盛時代で、僕らの憧れの国でした。」「私もそう、思います」と美香も同調した。……話は尽きない、二人の脳回路は活性化している。時計は9時20分を指している……治郎は、「今日は本当に楽しい時間を有難う御座いました、話は尽きませんが、又今度お逢いする事にして、戻りましょう、美香さんの携帯番号を教えて頂けますか？」と言って、互いに番号を共有した。では、「今度、僕から連絡しましょう！」と立ち上がり、美香の椅子をそっと引いてあげた。まだ治郎はナイトだった。治郎は、美香を公園の駐車場まで送り、美香の柔らかな両手を握って、おやすみの挨拶をして、美香が車を動かすのを見届けてから自宅へ帰って来た。先ず、浴室のスイッチを入れ、今日の新聞を広げて一通り目を通している内に「お風呂が沸きました」と、案内のアナウンスが聞える。治郎は、茶の間の座椅子から立ち上がりポケットの携帯電話と腕時計をテーブルに置き、用意して置いた着替えとパジャマを持って浴室へ移動した。……41℃に設定されたお湯は、治郎の今日一日の疲れを癒すには、丁度いい湯加減である。いつもの様に息を「フ〜ッ」と吐いて肩まで湯船に浸かって、目を閉じると、今日の楽しかった時の推移が一つ一つ頭に浮んで来て、美香が話し掛けてくる様だった。…………治郎は今迄仕事上や、プライベートを通じても身近に数多の女性が目の前に存在し、誘われたりした事も幾度となくあったが、妻の浜子以外に心を動かされた女性はいなかったし、興味も湧かなかった。……しかし今、治郎は美香に特別な感情が沸き起こっている……何十年振りの錆びた俺の「老いらくの恋」なのか？　美香を思うと少し心拍が高鳴る様だ!……

10時10分頃美香は、玄関脇の車庫に車を入れた。留守番をしていた子犬のジョンが車庫の脇にある犬小屋で、ワンワン鳴きながら飛び廻っている、お帰りの挨拶なのだろう？　美香は「ジョンちゃん、只今、いい子にしていたの？」と言って、ジョンの鎖を外して抱き上げ、車のキーと一緒にしているホルダーから、玄関の鍵を開けて、シーンとしている暗い空間の明かりを付け、靴を下駄箱に入れた。ジョンの足を拭き、一緒に居間のソファーに腰を下ろし、フ〜ッ、と息をつきテーブルの上のポットのお茶をカップに少し注いで、飲み干した。ジョンは既に食事は与えてあるので、居間に寝そべっている、美香は立ち上がり、部屋着に着替えてから、浴槽のスイッチを入れ、テレビを付けて、ソファーに腰を下ろした。20分程して、風呂が沸き美香は、ジョンと一緒に浴室に入って行った。……美香が浴室から出た時、居間の時計は11時40分を指していた。バスローブに髪を纏め上げ、鏡台に向かい顔の手入れをしている、傍にいるジョンに「楽しかったわ！　治郎さんって、裏表のない素朴な、とてもいい人なのよ！」と、ジョンに語り掛けている。ジョンは分かっているかの様に、美香の目を見ている。美香は、ジョンの頭を撫でてやった。２階のベッドルームへジョンを抱えて階段を登り、美香のベッドの脇のジョンのねぐらに寝かせてから、美香はベッドに思い切り足を伸ばして、羽毛布団を胸まで手繰り上げ、両手を胸に乗せ、胸一杯に満たされた幸福感を久し振りに味わいながら、ベッド脇テーブルのアロマの微香に包まれて美香は深い眠りの世界へ誘われて行く……

○夢は現実を超越する！

……深い闇のトンネルを必死に進むと、やがて目の前に仄かな明りが見え始めた……無心で先へ進むと、暗闇の中で緑の大地と真っ青な大空が視界に広がり、その先に一つの人影が見えた。「誰だろう？」と、美香は、その人影に近づこうとする、人に会える安堵と不安が入り混じって緊張の為か？　心拍数が上昇している……背を向けている人影に後、数十歩で到達する距離まで近づいた時、人影は、後ろを振り向いた……美香は、「あっ、」と声を上げた。白いカジュアルウェアーと白いスラックス、白いシューズを履いた30代のハンサムな青年が、微笑んでいる……「貴女をお待ちしておりました」と、声を掛けられ、手を差し延べている！　美香は、魔法に掛けられた様に無意識にその手に右手を乗せると、青年に、強く握られて体を引き寄せられ、そっと抱き抱えられて、自然に唇を合せて来た。美香は驚きもせず、青年に身を任せ、むしろ気持ちが安らいで行く感覚を覚えた……「さぁ！　参りましょう」と、促され、美香は、青年に何の抵抗感も無く、心を許した顔見知りの様に、笑顔で青年と並んで歩いている。青年は、ほら、見えて来たでしょう！　と、指差す先に黄色の山小屋風の建物が視界に入って来た、あの建物が僕達のこれからの別荘です。と、青年は美香の右手を強く引っ張って、緩やかな坂道を登って行く……美香は歩き通しで少し息が上がっている。「疲れましたか？　もう少しです」と、青年は美香に気遣った。「大丈夫ですわ！」と、美香は額の汗をハンカチで拭き、微笑んだ。建物の20ｍ程手前から建物を囲む様にフェンスが張り巡らしてある。よく見ると、フェンスは2重になっており、2～3メートル内側にもう一つのフェンスがあり、フェンスとフェンスの間に黒い動くものが目に入って来た。美香は、「あれは何ですか？」と、尋ねると、「あぁ、怪しい者が近づけない様にセキュリティとして、番犬を3頭放してあります、ドーベルマンご存知ですか？　忠実に任務を遂行する猛犬です。」青年は、完璧なセキュリティに誇らしげだ！「私、恐いわ？」と、美香が言うと、「僕の言う事を忠実に従う様に訓練されていますので心配要りません、常に柵の内側にいて美香さんの傍まで来ませんから、安心していいですよ！　そのうちにお互いに馴れるでしょうし……」と、笑った。「さぁ着きました」青年は門扉の扉の鍵を開け、庭の通路に美香を誘導した。意外と庭は広い。玄関脇に黄色のトヨタのランドクルーザーと白のボクシーが並んで置いてある。さあ、貴女と僕の別荘へようこそ……青年は、ドアのノブを廻すと部屋が拓けて来た、広い30畳程の空間には、床に人工芝が張ってあり、樹木が所々設置され、まるで南国のジャングルの様だ。青年は木の陰の小さなドアを開けて、機械室へ入った。すると吹き抜けの部屋の壁一面に立体感のあるジャングルの映像が投影され、南の島に迷い込んだ錯覚に陥った。中央の太い木々の間には、ハンモックが二つ揺れている。鳥の鳴く音声が聞こえて来る、美香は吃驚して、機械室から出て来た青年の腕にしがみついた。青年は、「美香さん僕達は今、束縛のない二人だけの自由な世界にいます、何の心配も要りません！　さぁ、そこの階段から2階へ上がり、浴室で汗を流し、自由なスイムウェアーに着替えて来てください、この部屋の裏にプールがあります、そこで、一泳ぎしましょう！」と、青年は促した。美香は、言われるまま細い階段を登り、吹き抜けの回り廊下の右の奥にある浴室を見付け、ドアを開けると更衣室があった。汗ばんだ衣服を脱ぎ、ガラス張りの浴室に入った。窓の視界が広く遠くに山々の雄大な景色が飛び込んで来た。「素敵！……」美香は、30分程湯船に浸かったり、シャワーを浴びたりして出て来ると、大きな鏡に全身が映し出され、今、若々しい30代の張りのあるスレンダーなスタイルの自分である事に気が付いた。美香は年相応に熟れた体が、こんなに張りのあるスタイルに変化している事に当惑し、どうなっているのでしょう？　と、逆に不安感があった。しかし、今、青年と二人だけの世界にいる、私も今、若い！　私達は、釣り合っている。でも思い出せない？青年は誰なのか？……脱衣篭の脇のテーブルの上にビキニの白い水着が、バスローブと一緒に用意してあった。美香は、まだ心が落ち着かない！　不思議な世界に迷い込んだ不安があった……あの青年は、確かに何処かでお逢いした記憶がある……やはり思い出せない？　でも一方であの青年に対して無防備な自分がいる………ぴっちりフィットした水着にバスローブを羽織りジャングルムードの階段を降りて来ると、青年は日焼けした筋肉質な体にライトブルーのスイムパンツを身に着け、美香を待っていた。

樹木の陰にドアがあり、そこを開けると裏口へ出た。目の前に25ｍプールが並々と水を満たしている。プールサイドのテーブルに冷えたビールが用意され、グラスが２つと摘みのジャーキー、チーズ、スティックチョコレート、アーモンドが、皿に載っていた。青年は、「乾杯しましょう！」と、氷で冷やされたビールの栓を抜き、２ツのグラスに注いで、１ツを美香に手渡しした。青年は、「疲れたでしょう？　吃驚しましたか？」と、美香に気使った。美香は、正直に「えぇ〜私、異次元の世界へ紛れ込んだ思いです。失礼ですが、貴方は何方ですか？　私、何処かでお逢いした記憶がある気がしていますが、思い出せません」と言うと、青年は「私は怪しい者ではありません、貴女とはゆかりのある者です。貴女は間もなく思い出すでしょう？　それまで今は、僕を「Ｊ」と呼んでいて下さい」と、笑う横顔は確かに見覚えがある気がした……Ｊは、ビールを飲み干すと、肩に掛けていたバスタオルを椅子に乗せ、プールに飛び込んで行った……Ｊのクロールは、修練された綺麗なフォームだ。美香はその泳ぎを漠然と眺めていた……Ｊは、泳ぎ切った反対側のプールの縁に腰を下ろして、「美香さん、早くいらっしゃい！」と、叫んでいる。「私、其処まで泳げないわ！」と、言うと「泳げる所までいらっしゃい！　後は、僕が手助けして上げますので、心配しないで！」と、促され催眠術に掛った様にバスローブを椅子に掛けゆっくり足からプールに入り平泳ぎで、15ｍほど泳いだ時、Ｊはすぐ飛び込んで美香の傍までやって来て、「もう少し泳げる？」と、尋ねた。美香は、「もう、限界よ！」と、ギブアップを宣言した。「じゃぁ、僕の言う通りにして」と、Jは、美香を仰向けにして呼吸を確保してから、美香の引き締まった体を背後から抱えて、横泳ぎでプールの縁まで泳ぎ切り、美香の腰を支えてプールの縁へ押し上げた。美香は、Jを頼もしい王子様！　と、心の中で感じていた……Jは、自分がプールから上がると同時に、美香を抱き寄せ美香の瞳を伺い、柔らかく口付けをした。そして、徐々に唇の中に己の舌を差し入れ、時には荒々しく時には柔らかく美香と絡み合っている……どの位時が経っただろう？……美香は、全身の力が抜け頭が「ボ〜ッ」としている……「美香さん、部屋へ戻りましょう？　2Fのバスルームの脇の部屋がベッドルームです、其処で少し休みませんか？」と、Jは言った。美香は、「えぇ〜」と返事する。美香はバスローブをまとい、Jに抱かれる様に裏口から1Fのジャングルを通り2Fのベッドルームへと二人は、入って行った……

二人は、眠りから覚醒した。時計は夕方の5時半を指していた。Jは、「食事にしましょう！　いいステーキ肉があります、僕が肉を焼きますので、美香さん、付け合せの野菜をお願いしていいですか？　材料は、冷蔵庫の野菜室にありますので……　ワインはワインセラーの中の上物を今日は抜きましょう！」二人は、パジャマを羽織って、手際よく準備に入った……Jも、美香も、料理は手馴れていた。6時過ぎに用意が出来、皿に盛り付けて、空腹を満たしている……Jは、少し酔いも廻りいい気分になっている。「美香さん、ターザンを知っていますか？」「えぇ、随分昔に映画を見た気がします。」と、美香は答えた。Ｊは、「僕達、夜も長いので、食事の後少しくつろいでから、ターザンごっこをしませんか？　チンパンジーはおりませんが、僕は、ターザン、あなたは、ジェーンです。いいでしょ～？」美香は、「面白そうね！　夢の世界だわ！」Ｊは「あなたとこれがやりたくて、この場所で計画を積上げて来ました」僕の楽しみの一つです。雰囲気を出す為、それなりの衣装を用意してあります、と、傍にあるバスタオルを腰に巻き、衣装ケースの引き出しからターザン用の凝った皮のショーツと、ジェーン用の葉っぱ模様で麻織物のブラジャーとショーツとバンダナを手にして美香の前に置いた。「私、これを付けるの？恥ずかしいわ？」と、美香が口にすると、Ｊは「誰にも見られないし、干渉もされない二人だけのゲームですよ！　あなたは僕の全てを見たし、僕もあなたの全てを見た恋人同士でしょう！　恥ずかしい事はありません！」と笑っている……美香はＪと一つになった事で、もう隠す物は無いが、女性として恥じらいを表現しただけだった。Ｊは、「さぁ、着けて見ましょう！」と言ってバスタオルを取り、皮のショーツを穿いた……美香も体に巻いているタオルを取り、不思議なブラとショーツを着け、バンダナを頭に巻いて、鏡の前に立つと、それなりに幼い頃見た映画の雰囲気が出て来た気がする……「何だか未知の世界へ入り込んで楽しい気がする」と、美香は感じた。……それにしても随分資金が投入されている？　美香は、「Ｊさん、あなたはその若さで、何でこんなにお金持ちなんですか？」

Ｊは、美香の問いに語り始めた。「祖父が残した不動産が、長野の松本に３０００坪程あり、父が相続しましたが、父は、お金に余り執着のない人で、全部手放して相続税を支払った後、僕達２人の子供に１，０００万円ずつ生前贈与で貰いました。僕は当時、二ツ橋の学生でしたが、父親と逆で、お金に興味があり、いかに増やすか？　と、株式研究会に所属して、手持ちの１，０００万を元手に日本の株式を分析しておりました。……此の侭社会へ出て、平凡なサラリーマン生活に入り、資金を増やすには、毎月少ない給料の中からこつこつ積み上げるしかない？……時間に制約されず、短時間で富を手にするには、「博打、麻薬、新興宗教の教祖、資源メジャー、才能があれば、芸能人と言う手もある」何れもリスクを伴うし、僕には性格的にも無理がある。やはり現代の金儲けは「株」しかないだろう？　との結論に達した。ネット社会での世界の成功者はやはり、一大ファンドを築いたあの、ジョール・マロス、ウォーレ・バキュート等金儲けの為ならターゲットを骨までしゃぶり尽くす、危険な男達だ!!　僕はそのやり方をつぶさに研究した……一般的に株式相場は、企業の将来性、売上規模、収益性、配当、設備投資等々以外に投資者には見えないファクターが存在し、結局目先の理屈や材料による小動きに翻弄されて証券会社に喰われてお終いになる……相場とは、単純に買い手と売り手との取り組みであり、買い手が多いと株価は上昇する、買い手が手持ちの株を突然投売りすれば、株価は暴落する。この取り組みと出来高の変化を読み取れれば、株価が読める。これは、地震の予測よりもある意味簡単な事かも知れない？　僕は、株価の下げに興味があり、下げには必ず前兆がある、これを示すのは、場の人気と出来高であり、僕はこの前兆現象をつぶさに研究したのです。人間は、一瞬のスピードとスリルに魅せられる物ですが、この世界では、下げや、暴落は罪悪的に見られています。そして、寄らば大樹と、人々は大勢のいる場所に安心感を見出そうとしています、その人気を無視して、人々と逆行するには、勇気と信念がなければ、震えます。

元来、株の上昇は、時間を掛けて、上昇して行く事がノーマルであり、企業側も経営上、株価の極端な変化を求めない事が安定であり、長続きする事と認識していましたが、昨今グローバル化が進み、世界の大手ファンドの横暴な振る舞いから会社経営が脅かされる危険も出て来ました。……僕は、２００８年夏頃に、当時日経平均株価は、１７，０００台を推移していた頃、当時のアメリカの中央銀行（F．R．B）が大手企業や銀行の負債を異常に肩代わりしている？　その負債額が膨れ上がり、明らかにバランスシートが危険な状態を示している？　と言う情報をある信頼出来る筋から入手していました。日本の株式も出来高が膨れ上がっており、如何見ても一段の修正相場があるな？　と、直感し、自分としては一世一代の大博打を打ったのです。偶然２００８年９月にアメリカのリーマンショックのニュースが報じられ、世界に緊張が走りましたが、日経平均はやや下がった物の、日本には大した影響は無いだろう？　との楽観論もあり一進一退で推移する中、僕は、イリリンと言うデーゼルエンジンの排ガスフィルターの世界的メーカー株が、当時１０，０００円に迫る勢いで推移いていた大型株に目を付けていましたが、この株が下がり始めて、７，０００円の時、１，０００万円の証拠金を積んで、株の清算取引で５，０００株（３５，０００，０００円）をレバレッジを利かせて証拠金の中から１００万円の投資で売りに掛けました。その後、３ヶ月程で株価は４，０００円を割って来ましたので、３８８０円で一旦手仕舞いし、１，５６０万程利食いし、更に４，０００円台に戻った処で、４，３００円で１０，０００株を追撃売りを仕掛けました。下げの勢いがありましたので、３ヶ月で３，０００円迄下げた処で手仕舞って、１，３００万円程利食い、今度は、三山海洋開発株を３，２００円で１５，０００株売りを掛け１，２００円で買い戻し３，０００万円の利益を出して更に東上製鐵１，５００円で１５，０００株売りで相場が１，０００円を割った処で手仕舞い７５０万円程儲けました。僕は、２００８年暮れ迄に都合６，６００万程儲け、相場は大衆投げで出来高が膨らんでおり、そろそろ底が近いな？　と今度は、デラソーを１，５００円で１０，０００株買い、日本ガルシを９８０５円で１０，０００株買いで利益を出し、１年弱で１億程手にし、その後も売り場の仕掛けを探して仕掛け、その結果、５億円程儲けて、この別荘を手に入れた訳です……今は、株から手を引き、もう一つの興味はゴールドでしたので、２００９年当時、金（ゴールド）が１g２，４００円と長い間底値で低迷していましたが、上向き始めている相場の息吹を感じ、２，５００円で１kg買い、その後買い増しをして現在５kg程持っています。台頭する中国マネーがゴールドを買い込み始め、今相場は上昇を続けており、30年位前には、1g6，500円位の時もありましたが、2000年位から、上げ相場に入り現在の基軸ドルの不安から世界は、金（ゴールド）に又、興味買いが入っております……おそらく30年前の6，500円の高値を超えて8，000〜10，000円相場が実現するでしょう？　もう、時代はドル等の紙切れは世界が信用しなくなり、水、食料、原油、液化ガス等のエネルギー、鉱物資源等のコモディティ、技術等の付加価値産業へと世界の目は、向いている様です。今、僕の金（ゴールド）は、時価相場で2，250万円程の価値がありますが、10，000円の大台に乗ると、時価5，000万円の価値を生み出します……如何です？　僕の生き方は？　もう、株の清算取引は生涯やりません！　しかし、実株取引は優良株に絞り込み、株主として配当だけは享受するつもりですが、あなたが、こうして僕の傍にいる限り、時に左右されず、小賢しい世間の雑音に振り廻されず、過したいものです」……美香は、Jの浮世離れした話に圧倒され、まさに私は、異次元の世界に迷い込んだ！　このままでいいのだろうか？　と、うなされて目が覚めた……体がだるい？……リモコンでテレビを付けると、N．R．Kの日曜日の朝9時のニュースが流れている……ええ、どう言う事？　美香は確かに金曜日の夜、治郎さんと別れてから、12時頃このベッドで就寝した筈だった？　今日は、日曜日、と言う事は、33時間このベッドで夢を見ていた事になる……はっ、としてジョンは如何しただろう？　と、心配になり、ベッド下のジョンの褥に目を転じると、彼は、適度に餌を食べ、水も飲んで過したらしい？　ジョン用のカーペットでまだ寝ている……ジョン、ご免ね！　と、美香はつぶやいた……

○不思議な体験

……土曜日の夜、治郎は風呂上りのすっきりした気分で、コーヒーを沸かし、読み掛けの本を開いて読んでいたが、眠気が襲って来た、時計は、11時半を過ぎている……思い出した様に明朝のご飯を炊飯器にセットしてから2階の寝室へ行き、ベッドに横たわって照明を小さくし、いつもの様にラジオのスイッチを入れ、ボリュームを絞って目を閉じた。程よい疲れが全身に感じられ、いつもより早く治郎は眠りに入って行った……

……もう暦は8月に入っている、治郎は、夢を見ていた。妻の浜子と、二人で愛車のボクシーに乗って、久し振りに水原経由で出湯温泉口の登山道から五頭山へ登った。杉林を抜け、展望台で一休みしてザックから取り出したポットのコーヒーを手に取ってすすり、山並みを眺めていると、突然、浜子が手を振って、「こっちよ！　早く、早く！」と、人を呼んでいる……治郎は、浜子の知り合いでもいたのか？と、不思議な面持ちでその方向に目をやると、何処かで見覚えのある女性が、手を振り乍らこちらに向かって歩いて来る……だんだん近づいて来る……治郎は脂汗が出て来た、確かに美香だ！　何で？　浜子は美香を知っている？　美香と知り合いなのか？　いや？　そんな筈は無い？　どうして？……自問自答していると、美香は、近づいて「今日は、」と挨拶をした。浜子は、治郎に「あなた、紹介するわ！永井美香さんよ！」と言った。美香は、笑顔で「初めまして……」と、治郎に頭を下げた。治郎の頭の中は混乱していたが、成り行きで「どうも、初めまして、大沢です」と、言ってハンカチで首の辺りを拭った。隣にいた浜子は「ふっ、」と姿を消し、美香と二人だけになっている……幻覚か？　1年前に亡くなった妻が、美香との付き合いを快く認めてくれたのか？　導いてくれたのか？　今迄、私に良くしてくれたあなたへの恩返しよ！　と、言っている様にも思えた……治郎は、美香に「私の妻を知っていたのですか？」と、聞いてみた。美香は、「今日初めてお会い致しました……私、何か見えない力に導かれて、その事に何の不安感もなく、自然と体が動いてこの場所に辿り着いた所、治郎さんと奥様にお会いして、挨拶をした気がします」と、言った。治郎は思った。浜子はきっちりした性格で、僕に対し紹介と言う形から入り、自ずからそれを認めようとする、いかにも浜子らしい！　と、敬服した。治郎は、美香に笑顔で「今、私の妻があなたとのお付き合いを認めてくれました！　あなたをこんな所まで呼び出して……トレッキング（山歩き）は、初めてですか？」と聞くと、「えぇ……私、山登りは初めてです！」と言った。治郎は、「何故、此処へ導かれて来る事になったのでしょう？」と、美香に聞いた。「私も不思議で、昨日、幻の声に導かれるまま、シューズプラザで、トレッキング・シューズを買い求め、スポーツ店でザック等の身の回り品を用意して、当日、意識の中で命じられるまま、夢遊病者の様に寺尾駅から新潟駅へ、そしてバスセンターから6時40分発の水原行きに乗り水原で8時5分の出湯行のバスに乗り換えて導かれる様に登山口から登って来ました、予定通り展望台まで近づくと、女性に、手招きされて、〃こっちよ！〃と、呼ばれて「ほっ、」と我に返り、気持ちが楽になりました、治郎さんが、そこにいらっしゃる事さえ知らずに誘導されて来ましたから……」「でも、治郎さんの奥様で良かったわ！　内心は、本当に不安でしたから……」「そうでしたか？　矢張り不思議な現象がこの世に存在する事を実感致しました。この事は、僕達二人にとって、これからの道を啓示された事と捉え、神に感謝すると共に子供達にも胸を張って付き合える節度ある人生の友としてあなたと歩んで生きたいものです」と、治郎は言った。美香は、これから気兼ねなく治郎さんと第二の人生と言える、日々を過ごせる事に心強い力を感じている……「さぁ！　この先は、足元に気を付けてゆっくり登りましょう！」と、治郎は、美香に手を差し出し、しっかり握り締めて歩き始めた……初めて登る美香にこの山の魅力を少し説明する事にした、「この先二つに道が別れ、僕達が行こうとしている烏帽子岩は右方向です、烏帽子岩は眼下の眺望が素晴しい所です、足元は、瓦礫で滑り易いので、気を付けて歩きましょう！……さぁ、見えて来ました、あの岩です！」美香は「素晴らしいわ！　勇壮な山々が連なり、ビルの無い風景は、とても新鮮な感じがしますわ！　私、会社勤めをしていた若い頃、山はいい！　と、週末に出掛けていた社員がいましたが、何で辛い思いをして山へ登るのか？　不思議でしたが、今、漸く分かる気がして来ました」と、美香は言った。治郎は、笑顔で「山登りは、自分自身の心身を鍛える人生の修行の場と言う事も出来るでしょう！　疲れを厭わず無心で目標に向かって一歩一歩、歩を進める我慢の連続……この事は日頃の人間の邪念に対する一種の「禊」でもあると言えるんじゃないでしょうか？」美香は頷いている……「この先は、五頭山（９１２ｍ）の五つの峰が続いています、手前から五の峰、四の峰　～　一の峰とあり、峰を渡り切って尚、稜線は続き、松平山（９５４ｍ）、菱が岳（９７４ｍ）、宝珠山（５５９ｍ）や扇山（５９８ｍ）、赤安山（５８２ｍ）、山葵山（６９３ｍ）等の山並みから、五頭連峰と言われています！美香さんは初めての山なので無理をせず、もう少し登ってから今日は引き返しましょう！　この五頭山は、多彩なコースが幾通りもあり、ハイキングコースに剣竜峡の、みそぎの滝や杉林もあり、県民いこいの森コースや、本田山コース、今板林道コース、扇山キャンプ場等もあり、学生や子供達も良く利用している様です。特にこの山は、日本列島の成り立ちを知る地質層の変化が随所に見つかり、地質学者にとっては、研究の宝庫でもあるらしい場所です……間もなく五の峰に着きます、其処から戻って、出湯温泉で汗を流してから今日は戻りましょう！」美香は初めての山登りで、足が痛い様子だ？　治郎は、それを感じていた。「下りは滑らない様に膝を少し曲げ乍ら小幅に足元を確めながら降りて行きましょう！」と、治郎は美香をかばいながら無事に出湯の登山口迄降りて来た。「美香さん、足は大丈夫ですか？」

「ええ、何とか……」「其処の温泉で一風呂浴びさせて貰ってから帰りましょう！」と、美香を伴って旅館のガラス戸を開けて帳場で交渉してロビーへ案内された。二人はロビーでアイスコーヒーを注文した。冷たい液体が喉を通過し、コーヒーの香りが広がり、思わず「ホッ、」と一息ついた。「ウ～ン、美味しい！　……生き返る様だ！」「美味しいわ！」と、美香も笑顔だ。その後、仲居さんから大浴場へ案内され、治郎と美香は左右に分かれ浴室へと入って行った……40分程して治郎は、湯上りの上気した顔に身支度を整え、ロビーで美香を待っていた。……小一時間程して、美香も身支度を整えロビーへやって来た。「スッキリしたでしょう？」治郎は尋ねると、美香は「とても良いお湯でした、疲れが大分取れましたわ！」と、治郎に笑顔を見せた。「それは良かった！　風呂上りにもう一杯アイスコーヒーを戴きましょうか？」と、美香に同意を求め、オーダーした。……「この温泉は昔、弘法大師が五頭山を開山した時に、杖で地面を叩いた処、その場所から温泉が湧き出した、と伝えられている由緒ある温泉です、源泉は36℃位の単純泉と言われている温泉です、しかし、この五頭山は、火山ではなく地下のマグマの熱により地下水が温められて温泉が沸いて来たそうですよ！」「そうなんですか？　私、今迄の暮らしに慣らされてしまっているせいか？　大自然の変化等、人間にとって見逃せない部分を他人事のように川が氾濫したから、山の管理が悪いから雪崩が起きた等、自治体の不手際や、国に対する愚痴をこぼして来ましたが、矢張り世界的に人類の及ぼす環境問題が大きいのだと感じますし、この度の山歩きで自然の中の小さい人間の姿を謙虚に考えるいい機会になったと、治郎さんに感謝いたしますわ！」「いやぁ、お恥ずかしい限りです」と治郎は照れている……「では、そろそろ私の車で家路に向かいましょう！」と、美香を促し、売店でオニグルミの甘露煮を二つと缶コーヒーを二つ買って旅館を出た。……

ボクシーは、49号線の水原、新潟を目指して走り出した。美香は、助手席に座って、治郎と、このトレッキングに至る不思議な経験と、山登りの初体験、治郎の説明による山の生い立ちや、自然現象の厳しさを聞かされ、そして学んだ。美香には、かって知識も縁も無い知られざる分野に新しい風が吹き込まれた、その驚きに興味が湧き治郎に聞き直している……

「そう！　太古の昔、新潟を含む日本列島は、約１５００万年前の地殻変動が活発な時期に陸地の断層部の地面が割れて、くぼ地が出来、そこに雨や川の水が溜まり、湖となったりしましたが、後に列島の火山活動により、地盤が沈下で海に沈み込んで太平洋の海に同化されたと言われています。その後、何回も隆起、沈下を繰り返し、陸地の植物や動物、海の魚等の化石が堆積して色々な地層が出来て来た結果、今の石炭層や石材（凝灰岩）、貝殻、魚の化石等が発見されている日本列島が出来上がって来たのでしょう？　五頭山の植物化石に非常に珍しい古代ブナの木が見つかり、専門家の話題になったと聞きました。この事は、中国大陸と北アメリカにしかない植物と類似している所から、日本列島は、かって大陸と繋がっていて、その後の地殻変動で海に沈み、海底火山活動で又、隆起した歴史が学者、学会によって明らかになった様です。あの五頭山も地下深く、マグマが時間を掛けて冷やされて、花崗岩となり、40万年前頃より1，000ｍも隆起して、今の姿になった、と以前何処かの本で読んだ記憶があります」……美香は、治郎の話を一心に聞き、「今、何気ない山にも壮絶な歴史が繰返されて来たのですね？　昔の日本列島は九州、四国以外、東北も関東も北陸も沈下で海の底だった訳ですか？」「そうなんです、今考えると不思議でしょう？　ですから、自然の力とは、昔から神にも等しい存在として恐れられ、崇められて来た訳でして、今の人類は、おごり高ぶって己の欲の為、自然を破壊しまくって来た為、調和が崩れ所謂、温暖化現象が世界規模の災いとして各地で起っていますね！」と、助手席の美香に同意を求めた。「神の怒りに触れたのでしょうか？」と、美香は言った。治郎は、「そう言う考え方も出来ますよね！　地球と言う尊い宝物を人間達が強欲の為、資源争奪の為、地面を掘ったり、大木を切り倒したり、戦争をしたりして地球を傷めて来た事に、もう少し早く気付くべきでしたね！……漸く最近、環境問題が世界のテーマに取り上げられ、国連やその他の分科会で討議される様になって来ましたが、それでも未だ各国の欲の為、規制が出来ず、或いは、未だ各地で戦争は拡大して、環境破壊は続いていますね……僕達が生きている間にこの問題は、何処まで進展し修復されるのでしょう？」治郎と美香は、すっかり話しに夢中になって周りの景色や、どの辺りを走っているのか？　治郎の慣れた運転にすべて任せながら、車は無難に進行している様だ……今、京ヶ瀬の辺りを走っている……

○夢の中のファンタジー

「治郎さん、日本に於いて喫緊の課題は何だと思いますか？」美香は難しい問題を聞いて来た。治郎は頷いて、「僕は、将来のこの国が甦るか否かの課題は一にエネルギー政策だと思っています！　今、日本では50数ヶ所ある原発が止められていますが、政府は早く原発を再開しようと躍起になっていますね？　国民の大多数は再開反対の流れです！　美香さん、あなたは賛成ですか？　反対ですか？」「私、よく分かりませんけど、国が原発以外の次のエネルギーの道筋を示さない事が現在の貿易赤字や物価高の混乱をこのまま加速させる事になるのじゃないかと心配しています」「美香さん、あなたの認識は素晴らしい！　おっしゃる通りです、エネルギー問題は、現代社会に於いて、必要不可欠な基本問題でしょう！　この日本と言う国家の持つポテンシャルは、すごいと思うんです、次から次へと各分野に亘り、新しい技術が生まれています、その勢いは、雨後の竹の子の様に勢いがあります、世界のトップを走っているロボットの技術一つ採っても、人間の複雑な関節の動きとそんしょく無い処まで完成され、「佐渡おけさ」だって人間と一緒に踊るんですよ！　手の関節の微妙な動きをロボットで表現するのは難しいと、世界的に言われて来ましたが日本ではもう、その先を走っています。宇宙だって、海底だって、気象分析だって、未来の食の技術だって、土木建設だって、防衛産業の技術、次世代の車、新幹線、リニアモーターカー、原発に替わる代替エネルギーも進化しています。こんなに民間企業や個人のアイデアに溢れた豊かな国は世界中探しても恐らく、日本以外に見当たらないでしょう！」……「そんなに技術を持っている日本なのに、新聞で貿易赤字が7兆円と、書いてありました」と、美香は、納得行かない様だ。「日本は以前、大手輸出企業が円高の頃、コストを下げる為、こぞって輸出先の市場に現地工場を作って日本を離れた為、日本からの輸出は大幅に減って貿易収支のバランスがマイナスになり、リストラも進み雇用が不安定になりましたね！　しかも海外から比べて、製造上の電気料も高くその上、今はコストの比較的安い原発も使えない事情もあり、政府も企業側も困っている訳です。今、政府は目先の損得ではなく、日本のエネルギー問題に腰を据えて新しい方針を打ち出せば、5～10年後には未来が見えて来ると思いますが、政府は、原発を棄て切れない見えない力が動いているのか？　原発に固執していますね？ですから原発を当てにしている為、その繋ぎで代用としてコストの高い液化天然ガスを輸入している為、貿易収支は悪くなっているのでしょう？　新しい技術や産業の息吹を育てる為、次世代エネルギーの確立が国を挙げて行われるべきですが、政府の本心が何処にあるのか？　分かりません！　原発は如何、繕ってもやがて、原発のゴミである燃料棒の処理は国土の狭い地震国日本には、難しいばかりでなく、大変危険であり日本国中に50数ヶ所ある原発の核と言う爆弾を抱えている事になるでしょう？　もし、日本を破壊しようと企てている国があるとすれば、核ミサイルを撃ち込む必要は無く、コストの安い通常爆弾を原発や燃料倉庫に打ち込むだけで、日本の至る所で被爆します。この国際情勢が緊迫している時代に平和と逆行する政策を何時まで取り続けるのか？　真意が分かりません！」美香は「本当に日本は大丈夫なのでしょうか？」と心配顔になった。「核のゴミ問題が、新しいアイデアで解決出来れば世界中で問題は軽くなり、考え方も変わってくるのかも知れません」美香は、「そんないい方法はあるのでしょうか？」と尋ねた……「例えば、米国が唯一開発を進めているテレポーテーション（瞬間移動）の技術が何処まで進んでいるのか？　闇の中ですが、もし、この技術が使えれば、廃棄燃料棒を世界中の原発使用国から処分料金を取り、仕事を請け負って、それを火星に瞬間移動させる？　今、地球には70億人程いますが、多過ぎます、世界中で如何しても職の無い人々を含め20億人程米国は、火星出稼ぎの報酬の為、ドルを大量に刷って渡し、地下の埋め立て作業に当たらせる、地球人口の削減で環境汚染も減らすことが出来る……多少乱暴な発想ではありますが……」「火星では生活の為のインフラの問題は確立出来る読みはあるのでしょうか？」と、美香は聞いた。「問題はそれです、膨大な費用が掛かるでしょう？　電気は最新の太陽光パネルで賄えますし、後は水でしょう？　地下を掘ると氷か水が存在する可能性もあるのかも知れません？　人間の生活空間は、地下か地上に密閉された建物を作り大気圧を一定にして、徐々にその空間を拡げて行く……水が確保されれば、野菜類は水耕栽培で賄える、日本の技術はレベルが高く、効率も良い様ですよ！　土壌は必要ないので、部屋の中で大規模な栽培が出来る様です、今は、肉だって人工肉（タンパク）とか、冷凍肉をＮＡＳＡのステーションから送ればいいし……そうそう、もう一つの考え方として、世界中の凶悪犯に無期以上の刑を言い渡された犯罪者を率先してその任に充てる！　ってのは如何でしょう？　少し乱暴ですが、地球には生還出来ない！……自分の罪を背負って火星で生命を終える。しかし、残された家族には、火星出稼ぎ任務の報酬が渡される為、家族は、人並みの生活を保障される……ってのは如何でしょう？」美香は「ユニークな発想ですね？　しかし、現地で仕事の指揮を取る管理人は如何なのでしょう？」「いい質問です！　日本製の精巧なロボットがＮＡＳＡの管理センターと交信して24時間目配せしながら事に当たるのが良いでしょう！」「まるで宇宙映画ですね？　でも、何年後かに具体化されそうな気もして来ました」美香はどちらかと言うと、今流行の「理系女」の素質があったのかも知れない……

治郎の車は、新潟市内へ入った、亀田バイパスから、新新バイパス（新潟～新発田間）へハンドルの舵を左に切り、寺尾方面へと入って来た……美香は治郎に「今日は、私の人生の中で新しい発見と出会い、そして治郎さんのお話の面白さに夢中でした、楽しい充実した1日を過ごさせて頂き有難う御座いました！　又、誘って下さいね！」の声を聞き治郎は目が覚めた……

○二人の館（シャトーofハルカ）

暦は10月に入った。治郎は法律上の他人同士が、お互いの家へ気軽に行き来するには、どうも近所の好奇な目が気になり、美香と逢うのも窮屈で、大人の嗜みに気を使う常識人だ！　さりとて度々逢いたい気持ちに駆られるが、法的手続きで再婚と言うハードルは種々の問題から子供達への遠慮もあり、親としても心が窮屈で、安易な考え方には自制心も働くのだ……美香も同じ気持ちだろう？　と、考えていた。……ある日の月曜日、新聞の折込チラシの不動産広告が目に留った、新潟市から南に位置する五泉市の山側の菅出地区にある物件である。磐越自動車道に乗り阿賀野川沿いの安田I．Cを降りて41号線（白根~安田線）阿賀野川を跨いで五泉市に入り、東本町交差点を左折して五泉駅手前から左の猿和田五泉線を尾白に向かい尾白から右折すると４３５号線の中川新の交差点から左へ入ると、地蔵院があり、近くに水芭蕉公園薬師堂等がありこの辺りは大蔵岳（８６４ｍ）の山の裾野に広がる土地で、神社や仏閣が点在している菅出地区に、１８０坪程の土地に庭の広い平屋建ての瀟洒な一軒家が売りに出されている。築8年のまだ新しいオール電化の家である。建物は、大きからず、小さからず3ＬＤＫの26坪弱の使い勝手の良さそうな物件である。売り出し価格は税込みで1，５００万円程で、治郎は直感的に触手が動いた。見てみよう！　早速不動産屋に電話を入れ、現地に赴いて現地の担当者に案内されつぶさに見て周り、治郎はこの物件が気に入った。決断も早く、帰りに事務所で仮契約をして、手付金を打ち二人の隠れ家を手に入れる実現性が具体化している事にわくわくして来た。「美香さんは、喜んでくれるだろうか？　いや、きっと喜んでくれる！……」帰りは49号線に出て、車の中で治郎は、あれこれと考えを巡らせている……二人で畑を作ってトマトやナス、胡瓜やイチゴなんかは作れるか？　陶器作りも愉しいかも知れない？　それに以前から興味があったステンドグラスを手掛けてみたいし……19世紀末にヨーロッパに発祥した建築、工芸、絵画等のニューウエーブ、アール・ヌーヴォー。デザインを注視した曲線の流れ……モリス、ビアズリー、ガレ、等々……治郎は、絵画で現代でも人気のあるアルフォンス・ミューシャのデザイン画をステンドで表現出来ないか？　いや、抽象画的なデザインの方が作り易いのかもしれない？……車は南区の亀田町に入って来た、治郎は急にバイパスを降りて亀田の町へ入った、前に一度美香と入った喫茶店Ｓで、コーヒーを注文して思い付いた様に美香の携帯に電話した。ベルが鳴っているが、美香は電話に出ない？　如何したのか？　治郎は15分位して再度かけ直した……繋がった！　「もしもし、治郎さん何かありましたか？」と、声が聞える。治郎は慌てて、「突然にご免ね！　忙しかったの？」「今、掃除機を掛けていたので、携帯に気が付かず、ご免なさい！」「そうだったの？　僕の方こそ邪魔してごめん！　今、あなたと前に来たことのある亀田の喫茶店Ｓにいるんだけど君の耳に入れたい話があるので、来れるかなぁ〜?」「お急ぎなんですか?」「そう言う訳じゃないけど、君に話しときたい気分なんで……」「じゃぁ、これから仕度してから出ますので、4〜50分掛かりそうですが、いいでしょうか?」「無理言ってごめん！　待っているから……」と、治郎は内心「ホッ、」とした。そうだ！　時間があるから物件の周辺地図を買ってこよう！　と、治郎は一旦ここを引上げて近くのスーパー（ラピタ）の店内に確か本屋があったはずだ！　探して見よう！　とラピタに向かった……2Fの売り場の奥に本屋はあった。地図はあるだろうか?　都市地図・新潟県（新発田、五泉、阿賀野市）が1冊だけあった。「良かった！　これは分かり易い！」治郎はすぐレジで買い求め20分程、店内を散策してから又、あの喫茶店Sへ向かった……治郎は地図をテーブルに広げて周囲のロケーションを確認しつつ逸る気持ちを抑えて美香の現れるのを心待ちして、入り口のドアに注視していた。美香が店のドアを開けて入って来る瞬間を見て、思わず大きな声で「美香さん、こっちです！」と、手を振った。余り大きな声だったので、店内の客が一斉に治郎を見た！　治郎に皆の目が突き刺さる程、視線が集った。治郎は、いい年をして、恥ずかしさの余り、顔が火照るのを感じて耳朶まで赤くなっている。美香も恥ずかしそうに治郎のテーブルの椅子に腰を下ろした……治郎は美香が椅子に腰掛けて「ホッ、」としたが、正直、この場の雰囲気はかって経験の無い出来事であり、恥ずかしい一幕だった。「いやぁ〜、僕とした事が……」美香は、治郎の狼狽する姿を見て、「いいのよ！　治郎さんは、早く私に聞いて貰いたいお話があったので、急いでいたのでしょ！　治郎さんの気持ちが良く分かりますわ！　気になさらないで！」と、慰めた。治郎は、テーブルのグラスの水を一口飲んで、やや落ち着いた。穏やかな顔つきの店員が美香の注文を採りに来た。美香は、「ホットコーヒーをお願いします」とオーダーした。治郎は平静を取り戻して、「美香さん、忙しい最中にこんな所まで呼び出して迷惑だったでしょう？　家に帰ってから連絡しても良かったんだけど、電話じゃ話の全貌が伝えられないし、お互いの家へ出向くのは近所の目が気になるでしょ？　そう考えて、此処へ来て貰いました」と、前置きをして、「実は、美香さん僕達の「シャトー・of・ハルカ」をたった今、契約して来ました。」と治郎は告げた。「えぇ～　如何言う事ですか？……」と、美香は治郎の意図する真意が読み切れず、困惑している。「僕はあなたと色んな話をしていると、元気が出て楽しいし、あなたと気兼ねなく自由に会える空間が欲しいと思っておりました、二人の共通する趣味を更に発展させて、今迄出来なかった人生の楽しみ方が見つけられる気がしますし……今の二人の環境は、世間の目、と言う見えない束縛がある気がして、思う様に行き来も出来ない？　と、日々感じておりました。……そんな中、先日偶然に新聞の折り込みチラシの不動産情報に目が留まり、直感的にこれはいい！　と思い今日不動産屋に連絡して、早速現地を見て来た帰り道なんです、現地の事務所で仮契約をして来ました。」美香はその話を聞いて、「吃驚する位、治郎さんは行動力、決断力がある方なんですね？　でも、そんなに早く即断して良かったのですか？」と、美香は心配顔だ。「僕のインスピレーションを信じて下さい！」と、治郎は自信あり気に笑った。「場所は、電車でもいいけど、車で新潟市から南方向へ約2時間位掛るかな？　五泉市って知っているでしょ？」「えぇ、行った事はありませんけど、新津の先でしょう？」「そうそう、今、新津は新潟市の秋葉区だけど、新潟から電車の場合、信越本線で新津で乗り換え磐越本線で五泉駅の先の猿和田駅で下車して、タクシーで20分くらいの処で、菅出と言う地区で大蔵岳、不動堂山、菅名岳等、の山並みが連なる裾野であの辺りは、古い歴史のある神社仏閣が多く点在して、空気が綺麗な環境の良い所です。近くに水芭蕉公園とか、確か？　近くに農場もあるんですよ！」と、言って治郎は、地図を広げて美香に場所を示した。美香は治郎の話は展開が速く面喰っていたが、信頼している治郎さんの私達を慮る熱意が痛い程伝わって来て、嬉しかった。治郎の熱弁は、これからの二人の人生のあり方に迄及んで、美香は、夢を見ている気持ちだった。……美香は先日の不思議な夢の事もあり、今、現実なのか？　と、テーブルの下に右手をやり、そっと足の腿をつねって見た「痛い！　確かに痛い！」現実に治郎さんと一緒にいる！　美香は、心の中で安堵した。治郎は来週月曜日に本契約を交わす約束をしているらしい？　美香は月曜日は、通常非番だが、その日はパート仲間の一人が都合で出れず、美香が代ってあげた日だった。「治郎さん、月曜日は仕事が入っているんです！　ご一緒出来なくてご免なさい！」「いいですよ！　気にしないで、不動産屋の本店で、契約して来るだけだから、現地へは今度ゆっくり案内しますから、楽しみにしていてね！」と、治郎は、テーブルの上の美香の左手に治郎は両手を上から被せて「行って来るね！」と、同意を求めた。美香は、「気をつけて行ってらっしゃい！　私、夢見ているみたい？」と、まだ不安そうだ。二人の会話はもう、番の夫婦の様だ……美香は、思い出した様に、治郎さん、さっき、「シャトー・of・なんとか」と、言われましたが、どう言う意味ですか？　と、聞いて来た。「あぁ、あれは、僕達の館、と言う意味で僕の「治郎」の治を「ハル」と読ませ、美香さんの「香」を「カ」と読んで、シャトー・of・ハルカと、遊び心で名付けた訳ですが、如何でしょう？　ハルカは、遥かなる山里に住みけり……伊勢物語の一節にある「遥か」に、しようか？　と迷っていますが……」美香は「治郎さん、そんな事迄考えていらっしゃる？　深いのね！」と感心している……

治郎は、金曜日の午後1時頃、D取引銀行の相談窓口にいた。担当の代理に事情を話し、中古の家を一つ買う為、預金口座から1，500万円引き出したいが、当座取引は無いが、小切手にして貰う事は可能なのか？　の相談をしていた。代理は、「パーソナルチェックの小切手帳を用意しましょう！　大沢さん、念の為小切手は銀行渡にしておいた方がいいでしょう！　と言って金額は打ち込んで置きましょうか？」と、確認した。治郎は、「お願いします」と、応じた。代理は、右斜め上に銀行渡のゴム印を押してくれた。「鈴木さん、ありがとう御座います」と、治郎は頭を下げた。「大沢さん、こちらへ来ませんか？」と言って鈴木代理は、隔離された融資相談コーナーへ案内し、二人は席を移した。代理自らお茶を出し、「大沢さん、別荘でも買いますか？」と、聞いて来た。治郎は、「気分を変えて趣味に打ち込もうと思いまして……」「それは結構な事です、場所は、山あいの静かな処の様ですし、大沢さん、いい人生ですねぇ～　羨ましいです！　陶芸ですか？」「まぁ、そんな処です！」と、治郎は相手に調子を合せた。

10月20日（月）10時半契約の当日、治郎は、7時に起きてシャワーを浴びて、気分を一新しお気に入りの、ルイ・アームストロングのC．Dを流し乍ら、炊き上がった米飯と、ニシンの甘露煮、キャベツ・ニンジン・ピーマン・モヤシの入った野菜炒めと、豆腐の味噌汁に、たくわん漬けを用意してからT．Vのスイッチを入れた。チャンネルは、情報番組モーニングバードが映し出された、治郎は、C．Dを切って、T．Vの画面を見ながらゆっくりと朝食を採った。食事後はいつものほうじ茶のパックを1つ急須に入れて、そばにあるポットのお湯を注ぎ、大き目の湯飲みに注いで喉に流し込んだ。「う～ん、うまい！」と、一息ついて、やおら立ち上がり洗面所で食後の歯磨きをして一段落した、その足で2階の自室で、ベージュのチノパンにブルーの細かいチェック柄のシャツにライトブルーのジャケットを羽織り、使い込んでいるイタリー製の牛革のバッグを肩に掛け、10時少し前に天神尾のS不動産へ向かって車を走らせた……予定時刻少し前にS不動産に到着した。先方の会社では、薄毛で小太りした西野社長が相好を崩して揉み手で、「大沢様、お待ち致しておりました、さぁ～どうぞ！」と、応接用のソファーに手を差し延べて愛想笑いを振り撒いている……治郎は、売買契約書を取り交わし、小切手を手渡して領収書と土地・家屋の権利書と、玄関の鍵を受取った。社長は、「大沢様、この度は本当に有難う御座いました、あの物件は、ロケーションの良い所でして、お値段も持ち主の好意で格安に設定致しました希少物件でして、弊社もお値打ち物と自負致しております、常時住まわれる予定で御座いましょうか？」「いいえ、週1～2日滞在しようと思っております」「そうですか！　何か？　趣味でご利用される……」「まぁ、そんな処でしょうか？」「焼き物でもお作りになる予定ですか？」「色々と、これからじっくり考えたいと、思っております。」と、治郎は、煙に巻いて愛想笑いをした。「そうですか？　それは楽しみですね？　何か不都合がありましたら、何時でもご一報下さい、今後とも宜しくお願い致します」と、社長の西野は頭を下げた。治郎は、「こちらこそ宜しくお願いします」と頭を下げて、ドアの外へ出て、駐車中のボクシーに乗り、車は走り出した。……思い起こせば、治郎は若い頃、社宅住まいだったが、定年後、新潟で今の住まいを現金で買った、それは亡き妻、浜子の勤勉な貯蓄の賜物であり、しっかり者の遺してくれた形見のマイホームであり、大事にしなければいけないが、この度の別荘は、治郎の退職金の一部を己の納得の行く形で生きている証として、初めて大金を注ぎ込んだ！　子供達にはまだ報告していないが、何れ孫達が成長して、故里にある別荘は又、実家と違う新鮮な何かを感じたり、新しい活力を生み出すに違いない！　これは、私から子や孫達への贈り物になればいい！　と、治郎は考えている……しかし、当面は僕と美香さんの趣味の家で、誰に迷惑を掛ける訳で無く、老い行く人生の最後の楽しみとして活用しても罰は当たらないだろう？　だから、暫くは子供達には伏せて置こうと思っている！　何れ機会を見て、子供達や、孫達に驚きのプレゼントとして発表したい。皆、どんな顔するのか？　それも又、私にとって楽しみの一つである……だが、万一の場合を考えて、遺言状を詳しくしたためて取引銀行の貸し金庫を借りて置く事も考えている。……

別荘の維持費は、全て治郎の預金口座から引き落とされる。電気料は太陽光発電が備えてある為、殆ど冬場以外は掛からない！　水道料は天然の水も使えるが、街の水道も比較的安く使える！　だから、日常は余り経費は掛からないが、冬場の雪対策、寒さ対策は、未知数であり灯油は暖房として必要になるだろう？　敷地内の道路の確保は骨が折れそう？　なので、小型の除雪機は、必要になるだろう？　そして、近い将来には発電した電気を蓄電する最新の蓄電装置も考えねば？　と、思っている。治郎の今の立場は、年金収入だけなので将来不安がある！　銀行預金は頼れない、矢張り「株」しかない様だ！と考え昔、居た業界株に注目し、思い立った銘柄が2〜3ある。数年前まで建設株は、公共事業の削減、等の不況の波を被って前年位まで喘いでいたがこの処、内部整理も付き業績は回復し始め東北大地震の復興、２０２０年の東京オリンピック開催や、昨今の気象変動による全国規模の集中豪雨により大規模な災害の発生によりその復興等の実需が高まって来ており、つれて株価も回復して来た。治郎は、１〜

2年前に株価が40円台と低迷していたT．S建設は、元々技術もあり、このまま終る会社ではない？　と、思っていたが、じわじわ上げ始め案の定150円台を固めて今、170円台迄回復している。かってのピーク時（28年前）には、1，900円台の株であった。欲は出す気も無いが、預金利息よりましならいいか？　と、決断し170円を割ったら指値で20，000株買う注文を証券会社の窓口で手続きをし、他に地下水汚染防止技術等を持つN．P基礎技術株を340円で10，000株注文を出した。この運用で、私の時代を読む目が正しいか否かだが、昨今の国際情勢は不安定であり、株価に及ぼす不確定要因でもあるが如何展開されていくのか？　楽しみと不安もある……

10月は本来穏やかな秋晴れが続くいい月だが、ここの処、時雨れる日が多く、気分もスッキリしない！今月は何かと雑用で忙しかった為、美香に連絡が取れなかった。美香のパートの無い第四木曜日に久し振りに電話を入れてみた。ベルが鳴っている……「もしもし、あっ、治郎さんね！　忙しかった？」と、美香の弾んだ声が聞える。「実は、ハルカに行ったり来たりで、漸く向うの家が固唾居て、何とか準備も整ったので、美香さんを案内しようと思って……」と、治郎はナイトを続けていた。「私、早く行ってみたいわ？」美香は、今迄我慢して治郎の連絡を待っていた様だ！　「明日は美香さんの都合は如何ですか？」と、治郎は聞いた。「ええ、大丈夫ですわ！」と、美香の声。「じゃあ、僕は10時にいつもの公園の駐車場で待っていますから、美香さん、ジョンと一緒に来ませんか？」と、治郎は誘った。美香は、弾んだ声で「分かりました！　治郎さん、楽しみですわ！」と、はしゃいでいる様子が伝わって来た……当日、美香は、ジョンと一緒に黒のTシャツにネックレス、オレンジ系のフリル衿の、ちりめんジャケット、ベージュ系のプルオンパンツにアイボリーのドレープ使いのサンダルを履いて、ベージュ系の牛革のクロコ調の手提げバッグを持ってやって来た。治郎は、美香を見て、「やぁ、今日は一段と美しい！見とれてしまいます！」と、お世辞じゃなく、本心からそう思った。ジョンは尻尾を振っている。「ジョンも元気そうだね～　さあ、出発しましょう！」治郎はドアを確認して走り出した。……30分程走ると、空はどんより曇って来た。「曇ってきましたね？……日本の四季は毎年、物語の様に月日と共に流れて行く、秋はたわわな果物の実りと、一年掛けて入念に手掛けられた穀物の収穫の時期を終え、昔から各地方では鎮守様のお祭りや花火で神への感謝を表して来ましたが、ここ数年の地球規模の異変が続き温暖化等で、海水温の上昇が予想以上に高く、日本列島は不安定な気圧配置が集中豪雨や、土砂崩れ等で年中気が抜けなくなりましたね？」「ええ、台風のシーズンとかも関係なく年中危険に晒されているのは、不気味に感じます」と、美香も不安げだ。……「でも、僕達は、シャトー・of・ハルカの夢に向かって楽しく過しましょう！」と、治郎は美香に声を掛けた。車は安田I．Cを降り、41号線を走り五泉市に入っている、もう間もなくだ！　「あの交差点から左に入ると、地蔵院が見えます、そのすぐ右に、僕達のシャトー・of・ハルカですよ！　そうそう、近くに北国まいたけの工場があります。……さあ、着きました、入りましょう！」玄関脇の犬小屋は治郎が大工に作らせていた。「ジョンの家はここだよ！」治郎は、ジョンを犬小屋へ繋いだ。美香は「ジョンよかったわね～」と、頭を撫でた。広い敷地に車用のスペースは充分にある。南向きの玄関から右手東側に12畳のL．D．K、玄関からまっすぐ突き当たりにトイレと洗面室、脱衣所・風呂と繋がっている。廊下を隔て北西側に続き部屋の和室が2間、南側に洋間とサンルームが付いている。「其々に僕の趣味で必要な家具とカーテンを付けてみました。」美香は「治郎さん、素敵なカーテンですわ！　洋間は一日中、日が差し込んでいい部屋ね～　こんな開放的なお家、隣に気を使う必要も無く伸び伸び出来る？　初めてだわ！……」「美香さん、ここで何がしたい？」治郎は、尋ねた。「そうね～　何が出来るかしら？」少し考えている。治郎は、「先ずは、庭の一部に小さなビニールハウスを作って野菜やイチゴでも作ってみますか？」と薦めてみた。「僕も手伝いますよ！」と、治郎は言った。「私、初めての経験ですので、先ずお花の小鉢を買って花を育ててから徐々に勉強します。」と、恥ずかしげに治郎を見た。「いいですね～　僕は、ステンドグラスを手掛けて見たいので、先ず手引書を買って勉強して見ます。」「あら、私にも手伝わせて下さる？」と、美香は言うと、「美香さんも興味がありますか？　それなら一緒にやりましょう！」と、治郎は喜んだ！　時計は、1時を指している。「治郎さん、お腹空きませんか？　私、ピザを2枚用意して来ましたので、オーブンで焼いて1枚ずつ食べましょう！　コーヒーもポットに入れてあります」「あぁ、すっかり食事を忘れていました、そう言えば、お腹が思い出した様に鳴っています、美香さんの心使いいつも有難う御座います」治郎は感謝した。今はこの家の冷蔵庫には殆ど食材は入っていない。治郎は、昼食をすっかり食べて、もう、夕食の心配をしている？「美香さん、3時頃駅前のスーパーで食材の買い物に行きましょう！」「そうですね！今晩は1泊してもいいでしょうか？」「ここは、僕達のシャトーです、何日でも僕らは自由でしょう？」と治郎は言った。美香の心の隅に少しあった遠慮は、吹っ切れた。……3時半頃、二人はスーパーへ出掛けて、野菜や肉類、調味料、漬物、果物、ビール、洗剤、牡蠣や魚、刺身、お菓子、つまみ類、お茶、コーヒー、一通り仕入れて戻って来た。空の冷蔵庫は見る見る満杯に成っている。夕食は、美香に腕を振るってもらう楽しみが、治郎を浮き浮きさせている……美香も好きな人の食事を作る楽しみがあり、既に美香の頭の中は夕食の献立が出来上がっている様だ。……「お風呂は如何する？」と、治郎は聞くと、美香は「就寝前にいつも入ってから寝ています。」と言った。「じゃあ、僕もそうする！」と、治郎は追従した。シャトーに於いて、初めての夕餉は、7時に二人のビールで乾杯から始まった……マグロの中トロ、イカ刺し、鯛、ビールはすすむ……鳥のから揚げ、牡蠣のムニエル、ホタテのバター焼き、揚げ出し豆腐、……次々に出て来るシェフの美香、治郎は満面の笑みを美香に向け、ほろ酔いもあって、美香に近づき、肩を抱き口付けをした。美香は、嬉しそう！極め付けは、厚さ2㎝程の村上牛のビーフステーキ……「今日は、元気が出るわ！」治郎は腹を叩いておどけた！夕食後、お茶を美香に入れて貰い、久し振りに亭主の気分が甦って来た。やはり、通じ合える人が傍に居る事は、最高の幸せなんだと治郎は、あらためて痛感した。美香も赦し合える人が傍に居る、世話が出来る事の喜びを久し振りに感じている……二人は、T．Vを見ながらこれからの話をしている……時計は11時を過ぎている。「治郎さん、お風呂が沸いた様ですよ！　如何されます？」と、美香は治郎に尋ねた。「じゃあ、先に入ってもいい？」と聞くと、お先にどうぞ！　と、美香は言った。治郎は、今日一日何かと忙しかったので、41度のお湯は疲れを癒してくれる。肩まで浸って、ついつい鼻歌が出て来た……暫くすると、ドアの外で「治郎さん、私もご一緒していいですか？」と美香の声が聞えた。治郎は予想もしていなかったので、一瞬吃驚したが、浜子と一緒に良く入った事を思い出し、「美香さん宜しかったらどうぞ！」と、声を掛けた。美香は、「失礼します」、と、前を隠して、入って来た。「治郎は、美香さんとハダカの付き合いが出来るのは光栄です！」治郎は、美香のかたじしの締った体の曲線が何とも色っぽく、久し振りに男が騒ぎ始めて、必死に隠そうとしている。「いいのよ！　自然のままで、治郎さんは、健康の証拠なんですから……」と美香は自分もタオルを取り外し曝け出した。「治郎さん、背中流して上げます！」と言って治郎を湯船から上がって貰い、背中を洗い始めた。美香の体が時々触れて、何とも気持ち良く、股間の男は元気を出している！　美香は前も洗いましょうか？　と冗談半分にからかった！　治郎は、「いや、照れるなぁ！　じゃあ、お願いしようか？」と、言った。美香は「冗談よ！　私が恥ずかしいから……」と言ったが、結局観念して、お互いに流し合う事になった。治郎は美香の弾力性のある体に石鹸を付けて手で擦っている。美香はくすぐったいと体をひねって声を上げている、その瞬間治郎の指が乳房に触れて美香は反応した。「いやだわ！　治郎さんこっそり触って……」「あら、失礼、じゃあ、もっと触りましょう！」と、言って大胆に触っている。美香は、きゃあきゃあ騒ぐ為、治郎は面白がって、あちこち触り、美香は、体が火照って来た。この指の動きは、あの時のJの指使いにそっくりだ！　美香は確信した、Jは、治郎さんだった！　あれは、予知夢だったのか？　あの時、きっと治郎さんに愛された、頭の隅のもやもやが、漸く今、スッキリした。治郎は「寝室へ行きましょう」と、二人はシャワーを浴び、バスローブに身を包み治郎は、美香を抱き抱える様に浴室を後にした。……

○コーヒータイム

…………風呂上がりの二人は、コーヒーが欲しかった。

寝室へ入った二人は、「美香、コーヒーを飲むかい?」「ええ、お願いするわ?」治郎は、ベッド脇のテーブルにあるサイフォンに何時ものミックス粉を3杯入れて、小型冷蔵庫から水を取り出しセットした……やがてコーヒーが沸き、美香の手作りの虹をイメージした二つのカップに注ぎ、美香に手渡した。

「美味しいわ!」歌の好きな二人は、ハミングしている……治郎は「美香、歌の詩は何気なく人生の断片を語ってくれる!　心に残るんだね~」「歌の無い人生なんて、光の射さない暗闇の世界と一緒かも、何気なく歌って終わるひと時では、勿体ない気がしませんか?」と美香は言った、治郎は、「そうだ、短い詩の中から作者が伝えたい思いを、一人一人が其れなりに分析して見たら、如何だろう」美香は、「もっと楽しい物になるのかも知れませんわ?」治郎は、「面白い!　美香、2~3日中に好きな詩を題材にして君の分を作って於いて、僕も作って於くから……」又、二人は新しい興味の世界に入って行く……3日後「あなた、出来たわよ!」治郎は、「僕も出来たよ!」では昼食後のコーヒータイムで披露し合おうよ……

治郎は、僕の歌の分析は、「杉　良太郎の望郷の唄」

♭まだ明け染めぬ、山河に向かい　ただ一人手を振って

　別れの挨拶をした　山の原　モミの木よ　今は廃屋　峠の茶屋よ

夜明け待つ　鳥達よ　鳥達よ～……以下省略

治郎：山の麓の村で育った若者が、山村林業や、農業の行き詰まりで先が見えず、遠い縁戚を頼って、二十歳の時、都会へ出る決心をして、両親と妹達を残して、この村を出て二十歳のけじめを就けようとする。

　山の原、モミの木よ、夜明け待つ鳥達よ、思い出の故郷よ、

心配は、体の弱い母の事、小鳥達よ、お前達は母の事を見守っていておくれ！　この村を出るからには、二度と帰らない決心だ！

何時か、皆を迎えに来るからね！　それまで頼むよ　小鳥達！

夢の為、後ろ髪惹かれる愛惜の思いの中で、しかし、一度の人生、夢を追い掛けて見よう！　と、決心した！……都会で10年、死に物狂いで働き、やがて、三十路を過ぎても望みは遠く、そして、今で言うリストラの宣告を受け、一人アパートの窓から見える街の灯と、夜汽車の汽笛をぼんやり聞いている。あの汽車は故郷に繋がっている汽車なのか？　そして、手で持ち上げた40度の焼

酎を飲みほした。俺のこの10年は何だったのか？　俺は一体何をしているのか？　夢も消え、望みも無く、溢れる涙で、人生の厳しい現実を知った、こんな筈じゃ無かった？……やがて季節は冬、故郷の木々も緑を落とし、辛い冬を迎える……もう、故郷から2年も便りが届かない、俺も便りを出していない。里の母は元気なのか？　父！　や妹達は変わり無いのか？　逢いたい！しかし、今更こんな姿を見せたくない！　もう少し頑張りたかった！　あぁ~懐かしい故郷の山河よ、鳥達よ

美香は、やはり現実の厳しさを分析した治郎の解釈に涙して、そっと目元にハンカチをあてた。そして、今の幸せを神に感謝した。

治郎は、２つ目の唄として、小椋　佳の「揺れるまなざし」を選んで来た。

♭街にひと吹きの風　心に触れ行く今日です
　巡り合ったのは　言葉では尽くせぬ人
　　驚きに戸惑う僕　不思議な揺れるまなざし
　　　心を独り占めにして　あざやかな……

物語が限りなく綴られて………以下省略

治郎：一人のビジネスマンが、猛烈な仕事社会の先端で心も体もストレスでふらふらになっている。二日程有給休暇を取って、海外のアーチストのコンサートでも聴きに行こうと思い立ち、ネットでチケットを予約した。……当日夜7時開演に合わせて、男は会場に入った。既に満席に近い熱気だ！　男は、自分の指定席を探し、腰を下ろした。左隣の席は空席だった。演5分前に一人の女性が急ぎ足で入って来て、男に会釈して腰かけた。……男は、会釈を返した。お見受けした処、40歳前後と思われる都会的な美人だ、連れがいないからきっと独身だったと思われる。……2時間半程のコンサートにすっかり気持も解れ、男は楽しんだ！……コンサートが終わり、それぞれが、立ち上がって、席を離れて行く、隣の女性も立ち上がり席を離れた……その時、男は女性の定期入れらしいケースを見つけ、拾い上げた、杉野順子としておこう！　男は慌てて、その女性を追い掛け、会場の出口の処で間に合って手渡そうとした。女性はびっくりして、ハンドバックの中を確認し、自分の物と気付き、男に感謝した。助かりました、本当に有難う御座いました。男は、「間に合って良かったです」と照れている……誠実そうな男を見て、女性は、もしご都合がよければ、このお礼に近くのレストランで、お茶でもご馳走させて頂けませんか？　と言葉を掛けた。男は、予定も無く帰るだけだったので、時間は余る程ある身であり、ご迷惑でなければ喜んで、それでは……と同行する事となった。治郎の解釈に、美香は、こんな偶然な出逢いは、ドラマを見ている様ですわ？　近くのティールームでは、コンサートの話で盛り上がり楽しそうだ！

向かい合って座った女性の顔は落ち着いた瞳のきれいな顔立ちだった。男は、なんと美しい人だ！　心が時めいて来た、紅茶を飲みながら、いつになく深い味わいを楽しみ、出逢いの不思議な縁を噛みしめていた、と思うよ？

男は、日々の仕事の忙しさに潰されそうで、2日間有給を取り、久し振りにコンサートへ来た事を話し、女性も同じ思いで、共感していた。店を出てからもう少し夜風にあたり乍ら、歩きませんか？　と歩き始めた……何かのご縁ですから、近くのスナックで一杯だけ、如何でしょう？

えぇ、一杯なら～

と、微笑んでいる。美香は、治郎のストーリーの展開に女心を操る何かを持ち備えた真面目な天才、いや、人間界に召された神の使いなのでしょうか？　と聞き惚れていた。……治郎の解釈は、更に続く……男は、あの角を歩いて10分程の処に以前来た事のあるスナックがあります、もう少しです。と先導した。小さな、ネオンが見えて来た。男は、ドアの前に立ちそっとドアを開けると、前客が帰る処だった。店は、偶然貸し切りの雰囲気で、気兼ねなくママを交えて1時間程語り合い、ほろ酔い気分で二人は、店を出た。……外の爽やかな風を火照った頬に当てながら、歩いている……街路樹の陰で立ち止まり、キスをした。「少し冷えてきましたね？」時計は11時45分を指していた。電車は大丈夫ですか？　と男は気使ったが、女性は、最終が出てしまったことが分かり、覚悟を決めた様だ。「あなたと話しているとすっかり夢中になり、時間を忘れて申し訳ありません。」と男は、頭を下げ、仕事で遅くなり、時々ホテルを利用する事が月に2～3回有りますが、宜しかったらシングル2部屋取りましょうか？　と聞いた。女性は、無駄なお金は勿体ないでしょう？　私、貴方となら、ご一緒でも構いませんわ？……と奇跡が……

〝昨日迄の寂しさ嘘の様に、君の姿にいろあせて……

明日の朝を待ち切れず夜を舞う、君の姿を追い掛けて……

突然、目の前に現れた、見知らぬ女性、過去に逢ったことも無く想像した事も無い、偶然と言うのか？　神の巡り会わせとでも言うのか？　作者の深い意図は？

美香は、治郎の微細な感覚にすっかり、取り込まれていた……治郎は、美香、君の選んだ歌を聞かせて……はい、学生時代にアリスのC・Dをよく聞いた時期もありました、その中からメンバーの矢沢透の作詞で「過行くものは」を如何かな？　と……

♭　あなたはもうすっかり　別れるつもりなの
　　こんな些細な事で全てを捨てるつもり……
　私にしてみれば　あなたを感じていたい
　　ただ　それだけなのに　なぜ　ため息ばかり……

♭　僕にしてみれば全ては君だけのもの
　　ただ　それだけなのに　なぜそんな顔するの……

♭　何があなたをいらだたせているの
　　何が君を　不安にさせているの……以下省略

若いカップルに良くある微妙な心理のすれ違いなんだね～と治郎はつぶやいた。
美香の解釈は続く……

何の不満も無い恋人だった二人、しかし、男は最近、仕事上の悩みや、上司との人間関係で不満が芽生え始めている。二人で逢っていても何か考え事をしている。女はいつもの様に私の方だけ見て、気持ちを寄り添っていて欲しいと、思っているのに……男の仕草が気に入らない！　あなたは、上の空　如何したの？　いつもの貴方じゃない？　何かあったの？　好きな人でも他に出来たの？……男は、そんな事は無い！　君だけだ！　と男は言う。男は今、心の悩みを打ち明ける気力も無い、僕は今、誰にも束縛されたく無いのだ！　そっとしていてくれ！　と思いつつ、しかし君と居ると心が和らぐと思っている……爽やかな六月の風が肌に触れるいい季節なのに……男の我儘、口足らずが、女に伝わらない。女の一人よがりが男の気持ちを苛立たせる。女は、この人と一緒になりたいと、ずっと思っていたが、今この人は、別れるつもりじゃないか？　と感じ始めた……決定的な溝が出来た訳でもないのに……何故？　一方、男も僕達は別れるかも知れない？　と予感した様だ。女は、やっぱり二人は、世間に良くある上辺だけの仲だったの？　と諦めの気持ちも芽生え始めた様だ！……私は、もう若くない、ハッキリしない貴方を何時までも待ちたくない！　如何すればいい？　気持ちは動揺している……と美香は読み解いた。治郎は、人間の世界は伝達力の強弱により人の心を確かめるので、早とちり、勝手な思い込み、勘違い等やその時の精神状態により、予期せぬ結果に結び付く事が往々にしてあるよね？　だから言葉は、暴力になったり、癒しになったりするので、口から吐き出す言語と言う言わば弾丸を如何吐き出すか？　慎重さも必要な時代かも知れないね～と美香と話している……時計はもう、０時半を過ぎた、美香休もうか？　ええ……

○万一協定（疑似夫婦の信頼協定）

治郎と美香は、体を許しあう間柄となり、再婚はしないが、疑似夫婦としてこの先、身辺に突然起った場合の災難をお互いにサポート出来る様に、現在其々が掛けている自動車保険、生命保険、ガン保険、医療保険、等の保険証の共有管理、と子供達への連絡手段、と、万一の場合の為に共通の銀行口座を作り治郎は、２００万、美香は１００万を出資して残高３００万円を緊急必要時にいつでも引き出せる様にカードを２枚作り其々がカードを管理して、引き出した時は、専用ノートに内容を記入して置く、と言う協定を結んだ。二人は、より深い疑似夫婦生活に入り、今後更に展開される趣味の分野でも堅い絆が発揮され、新しい人生の発見と喜びを味わう21世紀型のニューカップルとなって行くのでしょう……

あとがき

孤独だった二人の熟年男女が、偶然の出逢いから心が通じ合い、人生が激変する。そして所謂……人間らしく喜怒哀楽を再び感じ合える素敵な仲間となる……疑似夫婦と言う変則的な関係を選択し、夫婦にありがちな甘えや、我儘に陥り易い人間関係を一定の節度を以て、互いに人格を尊重し合い、認め合う新しい生き方を、この二人は始めたのだった。……

人類は、21世紀に突入し、本物の光や安らぎを求め、足らざるものは反省し改め、より良い地球環境を目指そうとしているかに見えたが、……突如B国の野望（覇権主義）と思い上がりに依り、この世紀も又、先が読めない暗雲漂う世紀となるのか？……

一方、我が国に於いて、開発され世界中に期待されている種々の科学技術、例えば……全個体型電池、パワーデバイス半導体、途上国に期待されている水の浄化剤、或いはバイオマス繊維（ＣＮＦ）、絶縁材料フイルム（ＡＢＦ）、石油油化装置、軍事に関係するマイクロ兵器、レーダーに映らないステルス戦闘機を補足出来る日本開発のマイモレーダー等々……雨後の竹の子の様に新しい開発が浮かび上がって来る現状を政府は、日本にとっての必要性と世界中の日本に対する期待度を裏切らない様、毅然とした姿勢と悪魔に呑み込まれない毅然とした自信と法体制を、国際社会に示す外交で、国民の将来に希望と安心、自信を与えて、この国を引っ張る世界的存在感が求められる時代に日本は直面しているので、同盟国米国に対しても、極度の遠慮を改め、国益に関する事案は、ハッキリとイエス、ノーが言える日本で有りたいと願い乍ら第二部へと続く……

第二部　日本の技術大探度都市

○洞穴と遭遇する

……疑似夫婦の治郎と美香は、週三日自由に羽撃《ハバタ》ける変則的な暮らしに入って、あれから三～四年経った。

治郎は今年七十五歳、美香も六十九歳を迎えた。二人は、新潟市在住だが、時々新潟市を離れ、自然豊かな山間の別宅に、火、水、木曜と週三日程、示し合わせて通う恋人同士の様な睦まじい疑似夫婦である。

それぞれの子供達には、「気の合う友として、お付き合いをしている」と言っており、それで了解を得ている、子供達は一人暮らしの親の身を案じていて、むしろその方が独り身の親にとって、安心だと心得ているようだ。

日頃は、それぞれが別々に同じ町内で生活し、町内の決め事に支障を来たさない様に気配りを忘れない。回覧板を回したり、ゴミ出し、古紙の回収、町内費の支払い等……ルールに従い日々の暮らしの中で平凡に過ごす一市民である。

もう普通の市民なら、人生ゲームの盤上では残り少ない人生の終局場面に入ったところであり、既に、子供達の独立、一方の配偶者との死に別れ、家族の纏まりは、徐々にバラけて、残された最後の一人は、老いゆく日暦をめくる日々が続く筈であったが……偶然の出会い！　人と人との縁は異なもの味なもの……寂しいプラスの因子とマイナスの因子が互いに引き合い、一つとなって、新たな人生の喜怒哀楽を味合わせてくれる……そして新しい人生が始まった。

山間の自然豊かな二人の住み家は、シャトー・of・ハルカと呼んでいる、新潟市から車で二時間程の一級河川、阿賀野川沿いに南へ走る磐越自動車道から五泉市に入り、阿賀野川の支流、早出川をまたぎ４３６号線（猿和田、五泉線）を東へ、更に４３５号線の猿和田郵便局を過ぎた菅出地区にあった。この辺りは、神社やお寺が散在しており、かつて、行者達の修験道の場であったと思われる。

治郎は、ここの別宅を偶然に手に入れ、週末美香と二人で日頃の気分転換に通う生活をしていた。それも、もう三年になる……。二人の生活にこの場所は、新しい発見や未知の経験を味合わせてくれ、老いを忘れさせてくれた。家の周りは、季節のお花畑や、季節の野菜畑が施され、収穫が出来る喜びも今迄にない感激であった。

時々二人で近くを山歩きをして、野草や、天然の茸類を摘み取る野性味も満喫している。山歩きの道すがら、

「あなた、こんな楽しい生活があったなんて！　いいのかしら……私達、罰が当たらないかしら？」

美香は、治郎の左手を掴んで話し掛けた。

「美香、僕も同じ気持ちだよ！　時々近くの神社で、感謝の気持ちを伝える様にしよう！」

「そうしましょう！」

二人は神への感謝の気持ちも忘れていない。

ある日の午後、美香は仕掛かり中の陶器作りに集中していた。「明日作品を窯に入れよう！」と治郎は、美香が作った数個の作品を満足気に眺めていた。

十月に入った山裾や山の紅葉は進んでいる。今日は治郎が、一人で不動堂山（五五七メートル）に登る為、福連寺山の登山口より登り始め、不動堂山の中腹で茸狩りを楽しんでいた。すると、足を滑らせてそのまま斜面を滑り落ちた。二十メートル程滑落しただろうか？　幸い、手に擦り傷を負った位で大事に至らなかった。滑り落ちた直ぐ脇に沢水の涸れた廃道があり、石ころがゴロゴロしていた。その廃道を伝って戻ろうとして、登り始めると、運悪く又、足元の石が崩れ、そのまま下へ崩れ落ちていった……。
二、三十分位気を失い、治郎は「はっ！」と意識を取り戻した。周りを見渡すと、草陰に人が入れる位の洞穴がある。「何だろう？」治郎は興味を持った。時計を見ると三時半を過ぎていた……。太陽の移動により、山の日暮れは早い。治郎はその辺りの山のルールは心得ているつもりだったので、「今日はこれで引き揚げよう！　今度あらためて又、この洞穴を確認しよう」と決意した。場所を忘れない様、背中のザックから、タオルを二枚取り出して携帯ハサミで細長く何枚も切り出して木に括り付け乍ら、上へと登り元の道へ辿り着いた。そして最後の二枚を滑り落ちた場所の近くの木に目印を付け、元の道を引き返し、麓の登り口へと帰ってきた。ふと時計を見ると、もう四時を過ぎていて、辺りはすっかり薄暗くなっていた。

治郎は美香に携帯で連絡し無事を知らせた。

「これから帰る！　遅くなってご免！」

「あなた、連絡がないので心配だったわ！」

美香の「ほっ」とした声が伝わってきた。治郎は五時頃、家の庭に車を止めて、玄関を開け、出迎えた美香の顔を見て思わず言った。

「死ぬかと思ったよ！」

「えっ！　熊にでも遭遇したの？」

美香は真剣な目で治郎の表情を見た。治郎は山の中腹で茸を見つけ、ビニール袋に入れてからザックに入れ様と身をよじって、肩から抜こうとした時、足元がくるい斜面を滑り落ちた事。起き上がってみると、傍に水の涸れた沢の石ころだらけの廃道があり、そこを伝って元の道を戻ろうとした時、運悪く又、下へ滑り落ちた事。その儘一時気を失っていた事。気が付いたら、目の前に草の生い茂った所に、人が入れる位の洞穴があった事……等を美香に伝えた。

治郎は、その洞穴に何か、心を掻き立てられる物を感じ、近く又、現地へ行く事を美香に伝えた。

「大丈夫なの？　中に獣が住んでいたらあなた大変よ？　そんな冒険しないでよ！　お願い！」

と美香は治郎にすがりついた。

「大丈夫だよ！　心配しないで、何かあるといけないので、今度行く時は、身支度を整え防備して行くから……」

と治郎は、未知の世界を探検する探検家の様に目を輝かせて美香の両腕をホールドした……。今、治郎の心にある興味の中心は、あの洞穴に注がれている！　毎週自宅からこの別宅へ来る迄に、護身用グッズを調べ上げ検討していた。

防護盾（ポリカーボネート）、スタンガン（三十万V収縮式）、ナイフ、ヘッドランプ付きヘルメット、地下足袋、ゲートル（夏場に多い山蛭等を防ぐ為）、ロープ、防寒具、他に食料、水等と日用品も忘れずに、準備に余念がなかった。

治郎は思いを巡らす事で又、心は過ぎし日の若い自分になりきっていた。十月中旬頃には、注文したグッズが次々と自宅に送られてきて、その現物を手に取り満足気だった。

治郎は、決行の日を決める為、週間天気予報を調べ上げ、十月三十一日（水）に美香を説得して、あの洞穴探検の日程を決めた。

当日は薄曇り。しかし、雲の切れ間から時々日差しがあった。美香の用意した朝食を摂り、昼用のおにぎり弁当を携えて、ザックを背負った。その上に背中に五キロのポリカーボネート盾を括り付け、ベルトにロープと伸縮棒のスタンガン、ナイフと笛、足にゲートルを巻き、地下足袋を履いた。厳めしい出で立ちで、

「美香、行ってくるよ！」

「あなた本当に気を付けてね」

と美香は目を潤ませているようだ。治郎は、福連寺山登山口から不動堂山に入る予定で、山は、ブナの木が生い茂って丁度今は、ミズナラの木にドングリが実を付けている時期であり、当然ドングリを狙って冬眠間近な熊が出没する可能性は充分考えられる。治郎は遭遇する覚悟をしていたが、美香が心配するので、その事は伏せていた。治郎は玄関から二、三歩してから振り返って、美香に近づきそっと抱いて頬に口づけをした。「心配しないで！」と笑顔を送り、再び踵を返して自分の車に乗った。そして窓から手を振り軽くクラクションを鳴らすと、車は走り出した。美香は、時計に目をやった、午前八時二十分だった……。

○地底人なのか？

早出川沿い435号線を通り、乙子神社から南へ向かい、福連寺山（百八十メートル）を目指し、間もなく登り口に着いた。車を空き地に止め、登山口から杉林が続く。三百メートル程歩くとブナ林があり、アップダウンを繰り返していると、鉄塔、送電線が見える。四合目で見晴台に着き一休みする。連山の景色は色合いも素晴らしい！　治郎は首に掛けてあるボトルから蓋を取り、そこにコーヒーを入れて、喉に流し込んだ。

「ふ〜、美味い！　美香の味がする！」

治郎は美香の笑顔が浮かんでくる！

「さぁ、出発しよう！」治郎は自身に気合いを入れて、目的の洞穴に向かって歩き始めた。

急な斜面もあり慎重に歩を進め、記憶をたどり乍ら、先日の茸狩りの場所にたどり着くと、やや大きめの松の木にくくっておいた目印が飛び込んできた。「ここだ！」治郎の胸は高鳴った。持参した腰のロープを太めの木に括り付け、そのままロープを手に、下へ下へと下りていく……。三、四十メートル下りると、目印のタオルが治郎を待ち望んでいるかの様に目に入った。

「よし！　ここだ！」思わず治郎は声を出した。背負っていた肩からポリカーボネート盾を下ろして身支度をする。作業用手袋のマジックテープを締め直し、ヘルメットのヘッドランプを点け、盾を左手に持って愈々洞穴に入った。

……ひんやりする。今のところ、獣のいる様な気配はない？　天井から時々ポツンと、水がしたたり落ちてくる……未知の洞穴をライトの灯りを頼りに足元を確認し乍ら進む。メタンガス等の発生は無いか？　心配りを怠らない。治郎はかつてリタイア前は、建設屋だったので、若い頃は地下工事の現場も多少の経験がある。

何処まで続くのか？　洞窟は徐々に下降して下りていくが、その先は？　不気味さが頭を過る。地の底に繋がっているのか？　あれこれ雑念が浮かんでくる。立ち止まって時計を見ると、もう十時を指していた。

……美香の声が聞きたい！　思わずスマホを取り出して掛けてみたが、通じない？　電波が届かないのか？　暗闇の中、ヘッドランプだけが一筋の光を照らしていて、光の届かない場所は不気味だ。闇の中に下から空気が吹き上がってくるような気がした。

何処かに地上と繋がっていて空気穴があるのか？　引き返そうか？　心は揺らぐ……。その時、下から一瞬、光が見えた気がした。気のせいか？　治郎は自問自答した。時計は十時三十二分を指している。

又、光を見た。その光は、段々強くなってくる……誰かいる？　地底人か？　治郎は身構えて、今では邪魔な荷物でしかない盾を持ち直し、ヘッドランプを消そうか、どうしようか？　と迷っていると、下から大きな声で、

「誰かいますか？」と何者かが治郎のランプを見つけて声を掛けてきた！

「あなたは何方ですか？」治郎も声を掛けた。下から、

「私は怪しい者ではありません！　あなたは？」

の声に治郎は、

「私は、この山の麓に住んでいる住人です！」

と声を掛けた。

「分かりました、今、其処まで参りますので、お待ち下さい！」

との声に治郎は内心「ほっ！」とした……。

獣、化け物の類はこの洞穴で遭遇しなかった事で、命の危険は無くなった。しかし、一体何者だろう？

確か洞穴の近辺に人の気配や足跡は全く無かった筈だ。何処から入った人なのか？　治郎の頭の中では、目まぐるしく答えを引き出そうとしていた。

向かってくるライトの光は三メートル程迄接近し、人の顔が浮かび上がってきた。先方から声が掛かってきた。

「こんにちは、私は村中と申します」

と挨拶してきた。治郎は、

「初めて入った洞穴に、いきなり人と会える奇遇は想定外でした、申し遅れましたが、私は大沢と申します、初めまして！」

と挨拶をした。村中は、やはり同じ気持ちで、治郎に対し好感を持った。

「私、時々下から此処へ上がってきますが、人とお会いしたのは今日初めてです！　取り敢えず洞穴の入り口まで戻りませんか？」

と治郎を促して元の場所迄帰ってきた。

「大沢さん、あなたは身支度が宜しいようですね？」

「はい、この洞穴には変な因縁がありまして……」

「因縁ですか？　どんな？」

「私、新潟市の住人ですが、菅出地区も住まいがあり、時々妻とここへ来るのですが、先だってこの山で茸狩りをしている最中に足を滑らせてこの辺り迄転落した際に、この洞穴を見つけました。ですが、中に何があるだろう？　と怖いもの見たさに興味を持ち、万一熊やイノシシ等が居たら大変な事になると思い、せめて護身用の防具だけはと思い取り揃えてから、今日の初探検を実行したのです」

村中は、大きくうなずいて、

「成程！　あなたの勇気と実行力には、日本人の大和魂を感じさせます！　失礼ですが、お年を聞いても宜しいですか？」

村中は遠慮がちに聞いてきた。

「はい、私は今七十五歳になりました、会社を定年してから、十二年程経ったでしょうか？」

村中は、

「びっくりですね〜、とてもお若い！　私も二年前に退官致しました。お見受けしたところ、私と同世代かな？　と思いましたが、あなたの若さには脱帽です！」

「お世辞でもありがとうございます。元気が出る思いです！」

と二人は急速に心に通い合う何かを感じ始めている。治郎は聞いた。

「失礼ですが、村中さんは官僚だったのですか？」

「あれ？　分かりましたか？」

「ええ、あなたは退官したと申されましたから……」

「そうでしたか？　自分では知らず知らずにボロを出すものですね〜。実は私、退官前まで厚労省の技官で、三年程前からあるプロジェクトを経産省とタイアップして実行しており、退官後も生活の一部に組み込まれて其の儘進行中です……」

「省庁の垣根を超えた事業とは、余程重要な国家的プロジェクトなのですね？」

治郎は不思議そうに村中を見た。

「はい！　今も継続しており、今のところ秘扱いの事業ですが……」

「我々一般国民には推し量る術もありませんが……一つ聞いても宜しいでしょうか？」

治郎は歩を進め乍ら、村中に尋ねた。

「ええ、今の私で答えられる範囲なら……」

「では、村中さん。何でこんな洞穴に出入りしているのでしょう？　しかも足跡も残さずに。どこに住んでいらっしゃるのですか？」

「手痛い質問ですね。大沢さん、あなたとの出会いは不思議なご縁ですが、この事業は民間の一部の関係者も情報を控える様に政府が手を打っています。ですからプレス機関は今の段階では情報を持ち合わせておらないと思います……。しかし、政府は国民に向かって謀《はかりごと》を企んでいるのではありません！　日本国民にとって人類初の未来の形を模索してきたのです！　そして、その計画は今、順調に成果をあげているのです。二〇二〇年には、東京オリンピックが開催されます！　この年に日本政府は、世界に向かって我が国の、この成果が公表されるでしょう。そこであなたの質問①『なぜこの洞穴に出入りしているのか？』ですが、地下に私の居住区があります。質問②『足跡を残さない？』につきましては、足跡は特殊なスプレーにより、消しています。この季節は毎年、猟の解禁の季節であり、鳥や獣を追い掛けてハンター達が、山や渓谷を出入りしています。ハンター達は、獣の足跡を追って移動しますので、この辺りに獣の足跡があると危険ですし困るのです。ですからこのスプレーが役に立ちます」

「そうでしたか……やはりあなたは、この地下にいらっしゃる！　しかし、実際どう生活されているのですか？　私には理解出来ません。電気等のエネルギーは如何なさっているのか？　水は、食料は、生活用品は、排水は、等々……短期間の生活なら物資の備蓄も考えられますが、あなた達は、ここで数年に及ぶ生活をされているようですが……」

「あなたの疑問はごもっともです。もう少しお話ししましょう！」

村中は、大沢の目を見て、この人は信用出来る！　と読んだようだ！

「ところで大沢さん。あなたは定年前、どんなお仕事をなさっておられましたか？」

「私は、大学卒業後、建設業界に入り、六十四歳で定年退職致しました」

「そうでしたか。地下工事も手掛けて居られましたか？」

「会社ではその部門もあり、若い頃少し籍を置いた事もありましたが、以後私は、専らビル工事の設計部門に居りました」

「成程、今の業界は新しい技術革新も進んでおり、目を見張るものがありますね。日本の未来産業の一つです！」

と村中は、目を輝かせて大沢に握手を求めた。治郎は恥ずかし気に、

「確かに日本の高度成長期に寄与してきた部分はありますが、業界全体は色んな問題点を指摘され乍ら、何とか日本の為に役立ってきたと今は思いたいですね」

治郎は、控えめに答えた。村中は、大沢の言葉の謙虚さに人柄の良さを確信したのだった。

「大沢さん、私の今の立場は事業の全貌は話せませんが、さわりだけあなたにお話ししましょう！　あなたも既にご存知でしょうが、かつて民主党の政権時代、事業仕分けと銘打って、国家予算の無駄の見直しを議論致しましたね？　その時話題になったスパコンの事業仕分けの論議で『二位じゃ駄目なんでしょうか？』と女性議員の有名な話がありました。そのスパコンの近年の開発技術は、今世界中で熾烈なトップ争いをしています。A国、日本、B国、EUは特に国を挙げて、二〇二〇年を目指して緊迫しているのです。我が国は理研を核として国家予算を投入し、一方で一部の民間のベンチャーにも補助金を投入して競わせています。

日本の未来を決めるのは、一にこのスパコンに掛かっている！　と言っても過言ではありません！　エネルギー、食糧（農業、漁業）医療、軍事、等々……すべての考え方が常識を超越します。省エネが進みＣＯ２が見違えるように削減され、国民一人一人の生活は漸く落ち着いた未来が見えてくるでしょう。私達はそこに向かっているのです。今の世界情勢は過渡期にあり、各国の経済や、環境や、紛争等々は、手詰まり状態でしょう？　我が国は、率先して世界の平和の形を示そうとしているのです」

村中は事業の全貌にオブラートを掛け、上辺の理念だけ治郎に話した。治郎にとって、村中の説明は、消化不良で雲を摑む様な話だが、ただ国民にとって、未来を感じさせるいい話らしい、と理解するしか無いようだ。治郎は、

「村中さん、あなたがこの山の中で暮らして居ると分かりましたが、一種の核シェルターなのですか？」

「ご指摘の通り、それも考えられますが、目的は、人々が日々快適に暮らす事を目指しています！　例えば……地上の暮らしは、昨今異常気象で、風水害等が地球規模で人類を脅かしていますし、その結果、食料や飼料の出来、不出来により物価が踊り、生活が安定致しません。ですから、私達のプロジェクトは、地下で楽しく暮らせる為に、発想を転換し、エネルギーから食料、生活物資の調達や、医療、娯楽施設等を地下に完備させ、まずリタイアされた熟老の生活環境を整え、近代化された地下工場で、老人中心に働いて貰う事により、老人達の労働意欲を引き出して、遣り甲斐とか生き甲斐を感じて頂く。その

事により人は眠り掛けていた気力が蘇り、体調にも変化が現れ、必然的に医療費の圧縮が期待出来ます。しかも、地下は年中気温が安定しており、まさに省エネの優等生なのです。ご存知の通り、日本に於ける近年の科学の発達は、あらゆる分野に亘って目まぐるしくあり、これらの技術の集大成で、世界に先駆けてそれをより現実化を急ぐ為、日本のスパコンの開発のレベルアップが必須なのです」

村中の熱弁に治郎は、思わず聞いた。

「その成果は現在如何程の物なのですか？」

「国民の想像以上にスパコンの技術は一年ごとに進化しており、流石技術大国日本、と満足できるレベルです！　そして、高齢化社会の先兵たる六十代のリタイア組で独り者の公務員をこのプロジェクトに参加させ、実験データを集積しています」

治郎は驚いた。

「じゃあ、あなたもお一人なのですか？」

「ええ、四年前に妻を亡くしまして、このプロジェクトに参加致しております」

「本当に快適なのですか？　村中さん！」

治郎は聞いた。

「はい、この施設には五十人程生活しておりますが、毎日仕事も忙しく、時間のめりはりがあり、休み時間の会話とか楽しんでいるようです」

「どんな仕事に携わって居られますか？」

「工場が今、三棟ありますが、超高性能リチウム蓄電池が開発されたお陰で、ここでは夜間、電力を蓄電して安価に使っており、更に地熱発電等も利用しています。工場は殆どオートメーション化されており、難しい作業は殆ど無く、メーター管理が中心ですので、専門技術も要らない為、仕事は楽でしょう！」

治郎はさらに聞いてみた。

「生活費はどの位掛かるのですか？」

「年金の他、特別勤務手当を頂いておりますが、ここの暮らしでは、月三万程しか掛かりません！」

治郎は又ビックリして、

「いやあ、お役所上がりの方々は、お国の手厚い福祉をひたひたと受けていらっしゃる……。日本の福祉は公務員の為にある！　そして、国民の老後は、安い年金と、後は自己責任でお願いします！　とつれない素振りですか？」

と皮肉った。村中は、苦笑して、

「大沢さん、国は今、近未来の国民の為の社会作りのトライアル中なのです。政府は未公表の段階ですので、公務員の服務規程で外に漏れない様にしているだけですから……しかし、私はあなたを信用して、少し喋り過ぎたようです。厳密に言えば、私は処罰ものですよ」

「村中さん、あなたの立場が悪くなる様な事は致しません、信用して下さい！」と治郎は村中に笑顔を見せた。

「ところであなたは、この山によく出入りされているようですが……」

「ええ、この山には、あなたもご存知のブナの木が自生しており、十月の今頃は、実を付け、その実から食用油がとれますし、それにブナの樹脂は染料にもなるので利用しています。ブナの木は堅く、しっかりした家具類だって作れる訳ですし、それと、この山では熊笹が自生していて、私達年配には役立っているのです」

「と言いますと？」治郎はその意味を問うた。

「私は、薬学部の出ですので、薬草にも多少の知識もあり、熊笹は、葉緑素がふんだんな多糖体の植物でカルシュウムや各種ビタミン等も多く、又食物繊維もふんだんでして、例えば、百グラム当たり、キャベツの七・五倍、ゴボウの五倍以上ありまして、生体防御機能が高まり、インフルエンザやウイルス等に働き、免疫力を高めてくれます。ですから、これをパウダー状にして私達は飲んでいるのです」

「そうなんですか？　この山に多く生息している訳ですか？」

「いや、量的には満足出来る程取れません！　日本では、青森県が主産地なのです。今、私達の第二グループで、五十人の人達が生活しておりますが、何とかここで供給出来ています」

「あなた達のグループとおっしゃいましたが、生活の場は何方ですか？」

「えぇ、工場の近くです」

「この近くに団地でもあるのですか？」

治郎は今迄にこの辺りでは、そんな話を聞いた事がない。地下に工場が三棟あったとして、住宅スペース迄は無理だろう、と治郎は解釈している。……私はこの人に煙に巻かれているのか？　と猜疑心さえ生まれてきた。村中は、大沢の心に宿った不信感を打ち消す様に言った。

「大沢さん、今度お逢い出来る日に、もう少し詳しくお話し致しましょう！　今日はこれからドングリと熊笹の採取をして帰りますので……」

「分かりました、又、逢える日を楽しみにしています」

「大沢さん、今度何時お逢い出来ますか？」

村中は尋ねた。

「来週の火、水、木曜に別宅へ来ますが、村中さんのご都合は？」

「分かりました、じゃあ又、来週水曜日の十一月七日、午前十時頃にこの場所でお逢い出来ますか？」

「分かりました、では楽しみにしております」

二人は挨拶して左右に分かれた。

治郎は、獣との出会い、危険との遭遇が無かった事にあらためて神に感謝し、不思議な人との関わり、未だ全貌の見えない村中との遣り取り、国家的な事業とは何か？　治郎は、山を下り乍ら頭の中で不思議な出来事をあれこれと思考を巡らせている。国による地下壕の建設が進んでいるのか？　昨今の国際情勢はきな臭く、ヨーロッパ、中東、東アジア周辺の隣国等々、世界中に広がり始めたテロ等の拡散化を想定しているのか？　政府は、テロによる首都攻撃を想定して秘密裏に準備を始めたのか？　それにしても、マスコミの安穏さは人ごとの様に平和を気取っている。それは私の考え過ぎなのか？　治郎は麓への道すがら、色んな事象が頭に浮かび、肩の荷の重さも忘れて、いつの間にか夢中遊行症患者の様に気が付くと麓の空き地に止めてある治郎の車の前迄辿り着いていた。

治郎は、運転席のドアを開け、椅子にドッカリと座り込んで、何か、世界が我々庶民の知らないところで動いているのか？　いや、この日本に異変が起ころうとしているのか？　既に社会の動脈からリタイアした身であり、情報の渦巻く一線から弾き出された老々の立場であれば、それこそ、中国の史記「天下無異則安寧の術也！」世間が穏やかで平和な社会を望む、であるが、治郎にとっては、逆にあらぬ不安と心配の種が植え付けられたのだった。

車はゆっくりと家路に向かっている。美香に話すべきか？　いや、美香が心配するだろう。でも、経緯位は話すべきかも……村中氏との出会いは私達にとって吉なのか？　凶なのか？　当の村中氏に不審な態度は無かった。むしろ、楽し気に振る舞っている様にも見えた。治郎は、ゲスの勘繰りをする年では無いだろう？　と自問自答して落ち着きを取り戻し、流れのままに身を委ねてみるか？　来週、村中氏と逢えば、霧にぼやけた部分が見えてくるだろう！　待とう！　治郎は、自分に言い聞かせた。

車は乙子神社を右に見て、真っ直ぐ北へ走っている。間もなく地蔵院だ。美香の待っている我が家は、もう目と鼻の先だ。車のスピードを緩め、ゆっくり庭の駐車場へバックで入れている時、エンジン音が聞こえたのか、美香が小走りでエプロンに手を拭きふき出てきた。

「あなた、お帰りなさい！」

治郎は、車のドアを開け、「只今、今日は少し疲れたよ！」と美香に声掛けた。

「お風呂が沸いていますわよ！」

「有り難い！」

治郎は車から降り、美香の肩を抱いて頬に口付けをした。治郎は、いつも美香の心遣いに感謝している。

「荷物が重かったので、いっぱい取れなかったけど、偶然大きいシイタケを見つけたので、夕食にシイタケのステーキで一杯やろうよ！」

治郎はザックを肩から下ろし、ビニール袋を取り出して美香に渡した。

「あら、美味しそうですね！　あなた今晩はお酒、おビール？」

「そうだね、たまには、熱燗の酒にしようか？」

「了解しました！」

美香は、おどけて直立不動で敬礼した。治郎も慌てて敬礼し、二人で可笑しいと大笑いした。治郎は、風呂にゆっくり浸って疲れを癒している。血色のいい顔色で、パジャマに着替えて風呂から上がると、時計は七時二十分だった。食卓に着くと、

「いい湯だったよ！　お陰で疲れが大分取れた様だ！」

美香は微笑んで、

「お疲れ様！　熱燗も程良く上がっているわ！　どうぞ一杯！」

と、治郎の隣の椅子に腰掛け、両手で治郎のカップに熱燗を注いだ。

「有難う！　湯上がりの酒は、又格別美味い！　美香のお酌のせいかな？」

「あら、治郎さんたら、お上手ね……」

今晩の酒の肴は治郎が採取してきたシイタケのステーキ。美香は、フライパンにオリーブ油をしき、

シイタケに少量のオリーブ油を垂らし、塩コショウを振ったシンプルな物を、もみじ模様の器に載せ差し出した。治郎の好きな脂の乗ったサンマもその傍に陣取っている。

「美香、シイタケが美味しいよ！　君も如何？」

と言って治郎は、箸でつまみ美香の口元へ「あ〜ん」と言って美香の口へ差し入れた。「とても新鮮で美味しいわ！」と、満足そうな笑顔だ。

治郎は、美香に酒を注いで貰い乍ら、山での出来事を徐々に話し始めた。

「私は、晩年以降次々に起こる不思議な人との出会いは、人生の奥深い生命への希望と、同時に深い闇の中へ導かれていく様な、今迄にない緊張感に引きずられて、少し不安な気持ちもある……」

と美香に語り掛けた。

「私は、退職後、漸く平凡な人生を送る筈であったが、妻の突然の死、そして、君との偶然な出会い、今の別宅取得の感激……そして、これから話す洞穴の奇妙な人との出会い……世の中が、大きく変化する前触れみたいな予感が、私には感じられるんだ！」

「私も、あなたとの出逢いと、今の生活は、予期しない人生の大きな変化だったわ。でも私、治郎さんに巡り逢えて、本当に感謝しています。……でも今日、あなたは洞穴で暗闇から人が現れる、という不思議と遭遇した！　その事であなたは、考え込んでいる様ですね？　何かの化身とでも遭遇したのでしようか？」

「いや、あれは確かに現実だった。その人物は、村中と名乗り、元厚労省の技官だと言ったよ」

「そんな方が何で洞穴の中からいきなり出てきますの？」

「彼は、数年前からこの山に出入りしているらしい。近くに政府と関わりのある人々が、五十人程の団地で生活している、と言っていた！」

「この山の近辺にですか？」

「場所は、はっきり言わなかったが、近くに住んでいると言った……そして、彼は薬草の専門家として漢方薬の採取の為に、この山を歩き回っているらしい。ただ気になるのは、彼は洞穴の中から出てきて、これから熊笹と、ドングリを取りにいく！　と言った事は、やはり洞穴に何らかの形で住んでいるのか？疑問もある」

「考えられないわ」

美香も右手の人差し指を額に当てて治郎を見た。

「洞穴の何処かにトンネルがあり、その先に団地が存在しているのか？」

美香が答える。

「今迄近所の人達から、そんな団地の話は、聞いた事は無いでしょ？」

「そうなんだよ。だから不思議なんだ！　ただ彼は、『今、国家的な未来事業をやっている……今の段階では未発表ですが、予算と進捗度の兼ね合いで、何れ時期を見て公表する筈です』とも言った」

「分かりませんわ。一体何なのでしょう？」

美香も答えを見つけようとしている。

「山の中に秘密基地でもあり、ＵＦＯでも存在するのかしら？」

美香は、突飛も無い事を言い出した。

「君の推理も面白い！　しかし、ＵＦＯなら、『光を見た！』等の噂話が耳に入ってくる筈だろう？」

「無いわねぇ〜」

治郎は思案する。

「でも、この辺りでは鉄塔が数多く建てられている」

「送電線でしょ？　もしかすると、ＵＦＯなら、あの送電線から電力を吸収出来て都合がいいのかも……」

二人は、あれこれと、見えない現実を解き明かそうと興味心が蠢いている。治郎は、思い出した様に、そうだ、あの洞穴の出入り口は、人の出入りした足跡がなかった。その事を問い質すと、彼は特殊なスプレーで消している、と言っていた。どうしてスプレー位で足跡が消えるのか？　よく考えれば無理じやないのか？　治郎は、又、奇妙な話に不安感が蘇ってきた。

「美香の言う通り、ＵＦＯの可能性もありうる！」

「じゃあ、あなたと出会った人は、宇宙人？　不気味だわ。一体何の目的で……あなたが宇宙人に連れていかれたら、私、どうしましょう？」

　美香は、真剣に悩み始めた。

「疑い始めたら切りがないよ、大丈夫だ！　私は、君を残して姿を消すなんてあり得ない！　北朝鮮の拉致じゃあるまいし、たとえ拉致するにしても、私の様な老人より、可能性を秘めた若者の方がいいに決まっているでしょ～」

「確かに若い方が未知数だけど、利用価値がありますね？　でも、治郎さんが老人だと言っている訳じゃあ無いですのよ！　誤解しないで」

　と、美香は釘を刺した。治郎は、

「君の気心は、私が一番理解しているよ！　美香は私の宝物だからね……」

「あなた、大好き！」と言って治郎の左手を強く握った。治郎は美香を抱き寄せ、口付けをした……。

○治郎の決断

週末、治郎は新潟の自宅で一人コーヒーをすすり乍ら、水曜日に逢う約束をした村中氏との事を又、考えていた……。約束通り逢うべきか？　否か？……しかし、この奇遇を逃しては一介の平凡な老人として、埋もれてしまうし……それでいいのか？　子供達や孫達に我が人生を楽しく語れる物語を残してあげたい！　との欲もあるし。しかし、この冒険は、寿命を詰める事となる事態だって想定出来る。治郎は、数日後に迫っている約束に、待ったなしの決断を下さなければならない緊迫感に苛まれていた。

人は、ある重要な決断に直面した時、精神的に強い立場か、弱いか？　によって決まる。たとえ、精神は強くとも、生活環境の変化、時間の経過が、間違いなく人を弱くする！　守るべき人が出来、守るべき家族が出来た時、その責任の重さで、消極的に成らざるを得ない！　イエスかノーを求められた時、片方を捨て、もう一方の決断は、後で後悔の種となって、しかし良くも悪くもその運命に従う。これが人生の掟なのだろう。治郎の性格からして、男の約束はきっちり守る！　自分を裏切れない！　これが結論だった。

次の週に入った。火曜日の朝、何時もの様に公園の駐車場で美香と落ち合った。今日は美香の車と治郎の車が番《つがい》のトンボの様に、二台連なって別宅へ向かって走り始めた。美香の車には愛犬ジョンも一緒なのは言うまでもない。

二台は、町の雑踏を過ぎ、山に近づくにつれて、木々の紅葉が深みを増してきた。イチョウ、モミジ、柿の木の葉は、黄色、オレンジ、赤、茶色を付け、道端の柿の実が熟れた実を重そうにして、早く取ってよ！　と語り掛けている様だ。

民家の庭には、美味しそうなイチジクが実を付け、高い枝で人の手が及ばない所にいっぱい付いている。それは、カラスや鳥達の楽しみに残してあるのだろう。日本の文化は古来より、こうして動物達と共有し乍ら楽しんできた優しさが、根づいていたと思われる。

車は、いつもよりゆっくり走っている。二時間半位掛かっただろうか？　治郎と美香のシャトー・of・ハルカに到着した。ジョンを庭にはなしてやった。今は、庭から外へは出て行かない様になり、庭で自由に走り回っている。治郎と美香は何時もの様にコーヒーを沸かし、リビングで一息ついていた。先日焼き上がった花瓶を二人で眺め、

「美香、随分腕を上げたね！　この花瓶は、なかなかな物だね～。今度は私達のコーヒーカップをお願いしたいね～」

治郎は微笑んで、花瓶をテーブルに戻した。

「あなたに気に入って貰えるカップが出来るかしら？」

美香は、独り言の様に呟いて、治郎を見た。治郎は、おどけて、

「美香、期待しないけど、期待する！」

とコーヒーカップを持ち上げた。

「あなた、どっちなの？　期待するの？」

治郎は、笑い乍ら、「期待しない！」と嫌味を言った。美香は、「バカ、バカ」と治郎の腕を拳で軽く叩いている。

「私が、期待しないと言ったのは、美香の自由な発想と、力を抜いた制作を思い切りやって貰いたい為なのさ」

「あなたったら……知っているわよ。でも有難う！　期待しちゃ駄目よ！」

とウィンクした。美香は、思い出した様に真剣な目で、

「あなた、明日やっぱり山へ出掛けるの？」

治郎は真顔で、

「行く事にした！　私を信じてくれ！　数日考えた末の決断だから、私の勘が正しい事に賭ける！　美香も無事を念じていて！」

治郎は、笑って美香の両腕を抱えた。美香は、「あなたを信じるわ！」と言ったものの、一抹の不安はあった。美香は、時計に目をやった。

「あなた、お昼はサンドイッチでいい？」

「そうだね、もう昼か？」

治郎も時計を見た。

「じゃあ出来る迄外でジョンと遊んでいるよ」

と言って玄関から出て行った。庭の外れのモミジの木の辺りで、伏せていたジョンは、治郎の声に反応して一目散に駆けてきた。治郎は、ジョンを抱き上げて、頭を撫で乍ら、「ジョン、いい子にしていたね」と声を掛けてやった。ジョンと治郎は、傍にある長方形の床几に腰かけて、秋の空と雲の流れを眺めている……。ゆっくり流れる雲、雑踏を離れた静寂、誰にも邪魔されない自由な空間、治郎は、今幸せを感じている……。暫くすると、ジョンが立ち上がり反応した。美香の気配を感じた様だ。案の定、玄関前で「あなた、ジョンちゃん、お食事ですよ」の声がした。

人、人、一匹の固い絆に結ばれたサークル、堅苦しさ、煩わしさ、を乗り越え、自然と融合した透明で澄んだ世界！　時々神への感謝に努める治郎と美香とジョンの一日は、世俗に拘らず飄々と暮らして居る様に見える。

治郎は、翌朝六時に目覚めた。美香が台所で食事の準備に取り掛かっているところだった。治郎はやおら起き上がり、八畳の和室から廊下に出てリビングに顔を出し、美香に声を掛けた。

「お早う、早いね美香！」

「あら、あなた、もうお目覚め？」

「うん、気が張っているのか、目が覚めた」

「後、二、三十分で出来るわ」

「じゃあ、顔を洗って、ジョンと遊んでいるよ」

治郎は、洗面所で歯を磨き、顔を洗って、パジャマを着替えて外へ出た。

「ジョンお早う！」

ジョンは尻尾を振って治郎に飛び掛かってきた。

「よ〜し、よし」治郎はジョンを抱き上げた。

「ジョン、ボールを取っておいで！」

と言って右ポケットからボールを取り出し、投げた。ジョンは勢いよく走り、ボールを口に加えて戻ってくる。何回も繰り返していると、美香の声がする。

「ジョン、よし、今日はこれ迄！」

と治郎はジョンと一緒に玄関へ入っていった。治郎は、ジョンの足を拭き、洗面所で自分の手を拭いてからリビングへ入った。食卓は整っていた。治郎の席には、鮭の焼き物と、菊のお浸し、切り干し大根と里芋、マイタケの煮物、卵焼きと、豆腐の味噌汁だった。治郎は、「美香、美味しいよ！」と言ってご飯のお代わりをしている。

「あなた、本当に気を付けて帰ってきて下さいね！」

と不安な気持ちを抑えてさり気なく出発間際に、おにぎり弁当を手渡しし乍ら声を掛けた。

「有難う！　無事に帰るから待ってて」と一言いうと車に乗り、手を振った。

治郎は、この山には手慣れている。車を降りて何時もの様に洞穴に向かって歩を進めている。手元の時計は午前九時半、約束の十時迄に待ち合わせの場所迄は、充分行ける。洞穴の入り口に十分前に着いた。洞穴に入って十メートル程下降すると、少し広い空間があり、腰掛けに丁度いい石に腰を下ろして村中を待った。……間もなく下から光が見えてきた。村中氏だろう。治郎はやや緊張して、己の身の無事を祈った。下から治郎のライトを見つけて、躊躇なく「大沢さん、お待たせしました、村中です！」の声が響いてきた。治郎は、ホっとして、「村中さん！　お早うございます、大沢です！」と声を掛けた。洞穴内は、声が反射効果でよく響く。村中は、近づいてきた。やはりこの前と変わりなく本人だと分かり、治郎は内心胸を撫で下ろした。

○未知の洞穴へ

村中は、

「今日は、私達の施設の一部へ案内しますので、私の後から付いて来てくれませんか?」と笑顔で促した。

「分かりました、よろしくお願い致します」

と言葉を返し、村中に続いて下降し始めた。

「滑り易い所がありますので、足元に気を付けて下さい！　十メートル位下りると右に横道があります。もうすぐです」

と足元を確認し乍ら下りた。確かに横道は、人が多少大きな荷物を持って通れる位で、幅と高さは二メートル弱の空洞であった。村中が、手慣れた様子で歩くと、行き止まりの様に岩が立ち塞がっている。右下の足元に石があり、その陰にスイッチがあった。村中はそこを押した様だ。忽ち石の壁が左へ動き、エレベータらしい物が現れた！　エレベータのスイッチを押したドアが開き、照明が点いて、音声が流れてきた。女性の声が、「足元に気を付けてどうぞ」とアナウンスした。

エレベータ内のスペースは、人が七、八人は乗れそうだと治郎は感じた。内側のスイッチはA区からD区の四ヶ所だけ表示されていた。村中は、A区のボタンを押した。治郎は、きょろきょろして、

「村中さん、まるで宇宙映画を見ているようです。こんな田舎の山の中に、別世界があるとは……」

と絶句した。

「大沢さん、このエレベータは高速で、一番下のD地区は、六十メートル下にあります。私達は今、A地区に行きますので、二十秒程で着きます。もう着きました」

エレベータが止まり、ドアが開いた。治郎は、又目をきょろきょろさせて、「どの位下がったのですか？」

と聞いた。

「はい、十五メートル下がりました。ここがA地区といい、管理センターとなっております。さあ、どうぞ」と言ってそのドアを開けた。

「室内は百二十平方メートルあります」

そこには壁側に整然と計器類や、大型画面のパソコン、各階の状況を映し出すモニター、テレビ電話、放送設備等が備え付けられ、其々の部屋毎に万一に備えて、緊急物資の備蓄も在る様だ。

村中が説明する。

「この部屋は総合的なインフラ、気圧、酸素、水、排水、電気、等のコントロールをしています」

治郎は、

「三十七坪程の空間に八人程しかいらっしゃらないようですが、人は充分なのですか？」

と聞いた。

「スタッフは充分です、計器の管理をするだけですから……今は主に安い夜間電力をフルに蓄電して賄っており、一部、他に地熱発電を使っております。近い将来は更に科学の粋を集めた複合エネルギーが使えるでしょう。今、電力については全く問題ありません。他のインフラは、数年単位で最新の技術が入っています。世界的には、トップレベルの設備を使い、更に人手がロボットに代わって稼働される時代も間もなくですよ！」

村中と治郎は、管理センターの脇の別室でコーヒーを飲みながら、村中の説明を受けていた。

「管理室内には入れるのですか？」

と治郎が尋ねると、

「各部屋、工場内、管理室は、マイナンバーで管理されており、登録者以外の入室は出来ません。大沢さんのマイナンバーがこの施設に新規登録されますと、入り口のチェッカーを通過して、入室出来る様になります。今のところ、関係者以外は許可されておりません」

「そうでしょうね、国の秘事業ですから……」

と治郎は言った。村中は、

「B区、C区は工場です。主にコメ、野菜、魚等の新しい生産の形を作り出すトライアルを行っており、皆さんがビックリする様な物が大分現実化して参りましたし、太陽のレベルに近いLEDの開発もここ以外の所で行っており、その開発の成果がこの施設にダイレクトに設備として入ってきますので、それを利用して研究開発も成果が出て参りました」

「それはすごい事ですね。太陽の恵みが無くとも、食料の生産が出来る、と言う事ですね？」

「そうです、しかも当然のごとく、赤道圏の国々の様に多毛作が出来るのです。しかもそのレベルは、赤道圏諸国の数倍の成果が期待出来るのです。そして自然災害の被害の無い工場の中で、ですよ！　大沢さん、画期的でしょう！」

治郎は、空想の世界じゃ無いのか？　信じられない？　と疑ったが、村中の自信に満ちた態度に納得するしか無かった。

「まだ私には俄かに信じられない世界ですが、現実だとすると、人類にとって画期的な大発明ですね。しかも気象変動の影響も受けずにですね？」「はい、そこを狙った新産業として活動していきます」

「う〜む……」治郎は思わず唸った。

「あなたの話を聞いて、体中の血がたぎりました！　私も、二十歳位若ければ、何かお役に立てる事に携われたのかも知れないと思うと、時代に早く生まれ過ぎました……」

と残念がった。村中は、笑顔で答えた。

「大沢さん、あなたは日本の高度成長時代という重要な時代に立派にお役に立つ仕事をしてこられたじゃないですか？　この日本という国は古代から時代、時代の積み重ねで、人々が技術の修練を絶え間なくやって来た真面目な民族です。その基礎の上で今日の技術や発想が育まれて、次の時代へとタッチされ、素晴らしいものが生み出されてきたのじゃないでしょうか？　ですから、日本人の持つ優れたＤＮＡという宝物を大切にして次の時代へ受け繋いでいく限り、更に世界に貢献し、世界中から絶賛される日が来るでしょう」

「村中さん、あなたのおっしゃる通りです。人はその時代に必要性を与えられて生まれてきて、命を終えるまで、精一杯働く様に運命付けられている。そして余暇は、その人の器量により羽目を外さぬ程度に其々が楽しむ。これを誰もが守っていれば、トラブルは起きないのでしょうね」

「そう思える時代が早く来ることが待ち遠しいですね！」

と村中は相槌を打った。昼は、進化した自動販売機で、フリーズドライにお湯を注いで数秒で出てくるイタリアン料理と、治郎が持参したおにぎり弁当を分け合い二人で美味しく食べ乍ら、コーヒーを飲み語り合った。

村中は、

「後、一、二年で完成が噂されている日本のスパコンは、今の『京』の機能の百倍、つまり演算性能は、専門用語でエクサフロップスと言うらしいのですが、そのレベルにグレードアップするとの事です。コンピューターの核心部分のＣＰＵ（中央処理機能）にあらゆる機能が統合される為には、そのソフトから開発しなければならず、Ａ国と日本の自主開発合戦が熾烈を極めており、技術者の頭脳流出が起きない様に、目配りも必要な様なのです！」

治郎は、「そうですか？　やはり人材の引き抜き等も当然見えない所で起きている訳ですね？」

「はい、先端技術は、どの国も欲しい訳で、いつの時代も札束が乱れ飛んでいたようです。しかし、このスパコンに関しては、日本は国の命運を賭けていますし、どうしてもトップを取る必要がある！　と官民一体の意気込みなのです」

村中は続ける。

「我が国は地震等、自然災害の確率の高い予測を瞬時に計算出来るスパコンで先を読み、次の手を打つ等の備えが必要なのです。同時に新薬等に代表される各種の基礎研究は、従来数十年掛かっており、経費も膨大なものでした。新スケールのスパコンの完成で一、二年程で解析出来、多様な薬の開発も、今迄の様に欧米の特許に甘んじる事無く、独自の特許を持つ事が可能となりますし、全ての特許に優位性を持ち、日本は特許で世界をある程度、影響力を発揮出来ると思われます」

治郎が応じる。

「成程、段々分かってきました。あらゆる物事の解明や、物作りの原材料の選定、応用等々の計算にこれが、正確な確率を提示してくれて、今迄の様な時間の浪費と失敗の確率を減らしてくれる訳ですね？」

「その通りです！　無駄の確率を削減出来る事で、時間と経費を有効に使え、国民は経済的にも大きなメリットを享受出来ると思います！」

「じゃあ、今のスマホも小型化、軽量化が進む訳ですね？」

「専門家の話によれば、今のスマホは大きさ、重さの中身の殆どが、リチウムイオン電池が占めており、更にアプリが増えればその分だけ見た目も大きくなり、重さも重くなるようですよ。超高性能蓄電池がこの分野にも開発されれば、形、量共に信じられない物に変わってしまうでしょう？　だから、今、流通しているスマホ等のデバイスは、技術の変化に対応出来ない世界のメーカーは、消えていく事になるでしょうね」

「今、二十一世紀の産業革命が起ころうとしている訳ですね？」

「その様です！　だから各国は、生き残りを賭けて、あらゆる手を使って諜報活動を行っていると思われます？」治郎は、「日本の場合、外国から見ても、オープン過ぎる位にオープンな雰囲気があり、正に一般人を装い各国のスパイが横行しているようですね？　いやあ村中さん、今日はお忙しい中、楽しいお話有難うございました！　すっかり長居して、もう四時を過ぎましたので」

村中は、

「大沢さん、私も久し振りにあなたと存分に話が出来て楽しかったです。又お逢い致しましょう！」

二人は入り口側の別室から出て、エレベータを呼び出し、村中は洞穴の入り口迄送ってくれた。

治郎は、今日一日張り詰めた精神状態で、自ら望んだ探検に何事もなく終えた安堵と、庶民が未だ知り得ない村中氏からの情報、そして、日本社会が新しい未来に向かって動いている事、一方昨今の緊迫した国際情勢は、一触即発の危険性を孕んでいる政治、経済、軍事情勢から、無難に切り抜ける為の歴史的判断の有無等……日本政府は、その正念場に直面している事……等々を治郎は、美香に話して聞かせた。

美香は、「あなたの無事が、私にとって何よりでしたわ！　でも、あなたのお話の通り、世の中は私達の知らない所で、見えない力が動いておりますのね？　政治、経済の事は詳しく分かりませんが、ただ私の気掛かりは最近のニュースで、年金の運用をしているＧＰＩＦと言いましたか？　年金の運用が、株、債券運用で、この三ヵ月で八兆円の損失が出たと伝えておりましたが、此の儘損失が続くと、国民の年金は、どうなるのでしょう？」

「確かに日本の年金積立は、世界一、二の多額で、百三十兆円の残高を持ち、世界からも羨望の眼で見られている様だね？　かってOECD迄運用についてどうすべきだ、こうすべきだ、と他国の事に差し出がましい事を言ってきた事もあった。それ等の圧力なのか如何かは知らないが、近年運用について、投資比率を変え、よりリスキーな運用に踏み切った途端の八兆円損失のニュースなので衝撃は大きいね！　確かにこのままでは、損失の拡大は大きくなる可能性はあるね。国際情勢は、明るい材料は見当たらないし……と言っても今、株、債券の投資分を相場から引き上げると、悪い事にその売りで相場は暴落し、世界的な影響は免れない事態に陥るし……元々政府、官僚の読みは、郵政株上場に際して、相場を安定維持させる狙いもあり、年金からの投資比率を増やしたと思われる。日本のマネーを虎視眈々と狙っているハゲタカ達のシナリオに引っかかった様だね？」

「じゃあ、どうなるのかしら？　増やした分を引き上げ出来ないんですか？」

治郎は答える。

「だから、穿った見方をすると、A国は、郵政の株式上場を長年政府に働き掛け、この度漸く実現した訳で、この経営に口を挟める持ち分迄、株を所持したい訳なのだろう」

「どうしてですか？」と美香が聞くと、

「彼等の目的は、日本最大の簡保と郵貯の株であり、この二つの会社の株を四十から五十％迄持ちたいと考えているだろう。この二つを合わせると現状でも二、三百兆の価値があり、経営に口を挟める立場で、確実な配当金を年々吊り上げて手中に収めたい思惑があるのだろう……彼等にとって日本は確実な権利収入だ。こんな安全で、美味しい金儲けは他所には無い!! そこでB国経済の不安を利用して、B国株の下落から、世界のマーケットはつられて下落。日本は、年金資金の海外株、海外債券への比率も上げたところが、裏目に出て下落。海外ファンドは相場を動かし易い環境にあり、そこへ間もなくA国の金利引き上げの噂通り実行される。途上国に投資されていた株や債券等は換金引き揚げされて、金利の高くなったA国の金融商品へスイッチされる。途上国の株等は、暴落し経済は混乱する。当然、日本の株式も思わぬ安値に追い込まれる。政府の防戦買いで支えようとしても、下げの勢いは強く、堪り兼ねた関係者は投げ売りに走る。相場は一瞬予想外な安値を付ける。そこで、A国のファンドは、待ってましたとばかりに、狙っていた『かんぽ生命株、郵貯銀行株を安値で出来るだけ多く買い集める。筋書通りのハゲタカ戦術。楽して儲けるスタイルなのさ！ そして、当然、日本の年金に空売りされた株の下落分をハゲタカファンドは手仕舞い、美味しく利益を持っていく』……これが、グローバル社会という名の金融工学と言われているユダヤ商法のやり方なのだろう」

美香は「少し分かってきました。じゃあ、政府は、年金の投資株を少しずつ売って換金して、相場が下がったところで、日銀が大手企業に融資してその資金で郵貯銀行とかんぽ生命の株を海外ファンドが買う前に、買ってもらえばいいんじゃないの？」と言った。

「株は、インターネットで繋がっている瞬間の取引だから、難しい面があるよ」

「でも、日本の企業がどんどん買えば、値段は跳ね上がるでしょう？　彼等は高くなれば、様子を見るでしょう？　これを繰り返して相場を落ち着かせて、少しずつ年金株を売り抜けたら如何？　損が出るけど……」

治郎は、「美香君は相場師の素質がある！」とおだてた。

グローバル社会の現実は間もなく日本の実体経済に抜き差しならぬ禍根を残すかも知れない場面に直面しつつあった。

○Ｎｅｏ列島改造計画

二〇一五年は、カレンダーも残り一枚を残すだけとなった。振り返ればこの年も、世界情勢は混沌とし、テロ、難民の流出が欧州を中心に拡散し、難民受け入れが各国にとって深刻な社会問題を引き起こしている。世界経済も踊り場に来て、今後の施策が問われる処まで追い詰められつつあった。

村中は、大沢治郎と気心が通じ合い、仕事とは別に治郎と「語り合うかい！」と勝手に名付けて、「日本の現状を憂い、近未来を愛でて」月一回のペースで、忌憚なく語り合う仲間となったのだった。

村中は治郎に向かって、「もう今年も後、半月で終わりますね〜。そうそう、十月に発表された日銀の金融レポートによりますと、主要国経済は業績悪化により、成長率は下降し、年明けは、連れて株価の下落、為替のブレる可能性も暗示しているようです。新年は、株価の乱高下、為替の変動等、不安要素が溢れており、企業の三月決算は各社苦労するかも知れません」と言う。

治郎は、「国内も安保法案、沖縄の問題、夏に予定されている参議院選挙等で、政府は浮足立って見えますし、如何なるのでしょうか？」

村中は、「政府もこの緊迫状況の中、実は先日経産省の一室で、閣僚、官僚、日銀、経団連、経済同友会等の若手メンバーが、密かに集まり今の日本を見据えた会合を持ち、対応を話し合った模様です。冒頭、委員の一人が『今の情勢では、日本丸は海外に引きずられて、此の儘では大変な事になる』と切り出した。メンバーのAが口火を切った。『如何でしょう、今迄の日本は、一部の生産材や製品の輸出に拘り続け新興国に同じ様な物を作られて、安売り攻勢で市場を攪乱され苦汁を舐めております。コスト競争に引きずられては最早、労多くいいものも出来ず、見返りは期待出来ません！　発想を変え原点に戻るべきじゃないでしょうか？』。Bが発言した。『Aさん、原点とは何ですか？　具体的な腹案でもお持ちでしょうか？』と疑いの目をして、口を挟んだ。Cは、二人のやり取りを聞き『今、我が国は、いわば非常事態に入っていると心得るべき時、一刻を争う事態であり、悠長な議論を戦わす為に集まったのではないでしょう！』と、吐き捨てる様に言った。Aは、毅然として『分かりました、本題に入りましょう！　先ず分かり易く言えば、内需拡大政策です！　輸出は内需の成熟により技術の集積が出来、独特の商品や設備が他国に真似されないタイムラグを持って、初めて数年〜数十年の我が国独自のメリットを享受出来るものです。問題点を整理しましょう。

現在①汎用品に成り下がった技術を追っては市場を失う。②各社業績低下と国民の失業、収入減により消費の減退。③企業の内部留保がある企業が多いにも拘らず、リスクを恐れてチャレンジを怠っている。一方、地方に芽生えている新しい技術や可能性にスポットを当て、国が側面から応援すれば、その新事業の可能性が花開き、企業の食指が蠢いて、関連業種も設立され、若者の雇用が発生し地域が活性化する。その結果、都心に集中している人間が、地方へ拡散され、一石二鳥、いや三鳥の効果が期待出来るでしょう。その結果は、若者の落ち着きと結婚が、少子化の歯止めとなる可能性もあるでしょう。具体的には、新エネルギーとして話題のメタンハイドレートのスピード開発化、水の応用による新技術（ウルトラファインバブル）の国の応援、この技術はあらゆる分野、例えば、魚、野菜等の成長を助け、鮮度を保ち、従来の化学洗剤を使わず、水で洗浄出来る為、環境に良く、無駄な排水の後処理のコストが軽減されたり、医療用に画期的な利用が期待されています。又、畜産関係では、ＴＰＰ開始により、畜産業のネックとなっている輸入飼料の問題があります。現在飼料用のトウモロコシ等の年間輸入額は、四千億円を上回っております。これが基礎コストとして、畜産の足を引っ張っていますし、これに変わる代替品の可能性を掘り起こす。例えば、日本海側では、福井県から新潟県にかけて広く分布している、あの美味しいズワイガニ。秋から冬にかけて更に漁が盛んですが、このズワイガニの残骸はキトサン等の優れた栄養分があり、これを全国から回収して、関西圏と四国、九州は福井に配合飼料の工場を造り、関東圏と東北、北海道は新潟と秋田に肥料工場を造る。カニの残骸と米糠や野菜の屑等を配合肥料として粉末にする。或いは古くなった備蓄米と酵素を粉末にして混ぜ合わせ、米作、野菜、果樹、養鶏、養豚、牛の牧場等に純国産の肥料、飼料を生産し、輸入等の膨大な経費を軽くして消費価格の安値安定を図るのです。この事は人の流れを促し東京一極集中から人は地方へ拡散され、地方自治体も財政が安定するでしょう！』と、こんな議論が出ているのです」

と村中はその場の内容を治郎に伝えた。

治郎は、「村中さんもその場にいらっしゃった？」と聞いた。

「私は、リタイアした身です、殆どこの山に居りますが、たまたま私の後輩が、先日ここへ視察に来ました折、色んな話をしていきました」

「そうでしたか！」治郎は、この国も危機感を持って考えている役人や、企業人がいる事でまだ日本の将来の可能性はあるな、と心で納得した。

「村中さん。もしこの案件が、具体化しそうだとすると、メタンハイドレートの発掘、飼料工場、肥料工場等の稼働で問題になるのは、日本海側の流通ルートと、太平洋側へ繋ぐ物流ルートを整備する必要が出てくるでしょう？」

「さすが大沢さん、理解が早い！　その事は、これからお話し致します。先程の会議の続きです」

「飼料、肥料の国産化と新エネルギーの国産開発、この新事業は今迄の過去を払拭する二大プロジェクトを繋ぎ、日本全土に流通を行き渡らせる為に『物流貨物新幹線』が必要となり、ＪＲの協力の下で、国家的な大事業となります。話は横道へ入りますが、間もなく我が国のスパコンは、既にご存知の通り完成の運びとなりますが、新たな新時代を前に言わば、その手前のハイブリッド事業として、次のステップの時代を繋ぐ為の盤石な基盤を作るべき時と考える次第です。Aは、汗で滑った眼鏡を手で押し上げた。Cは、『Aさん、新しい発想の公共事業ですね！　しかし、それ等の財源はどう手当てするのでしょう？』と尋ねた。『これについては、今迄なら飼料、肥料工場は、全農の範疇、新エネルギーは、石油大手や電力会社というところですが、全農はご存知の様にTPPの絡みもあり、組織も変わりましたし、電力会社は、原発一時停止、石油卸は原油の安止まり等で採算悪化が現状であり、この打開策は一刻の猶予もありません！　ですからこれは、国家事業としてレールをしくべきです！　いや、国家、民間の合わせ技、つまり公民事業と申しましょうか？　財源は、以前使っておりました財政投融資をこの際復活させ、特別会計と公的、準公的年金等全部で約二百兆の内の五十兆程原資の一部に利用、他に日銀に債権の買い取りをお願いして、合計百兆円程当面用意して、メタンハイドレートの基地を新潟県沖に設置し、本格的に開発を行うのです。同時に福井から秋田迄の物流貨物専用新幹線を通し、福井に畜産用飼料工場、新潟の直江津にメタンハイドレートの基地、新潟東港に農産用肥料工場、秋田に水（ウルトラファインバブル）生産工場を立ち上げ、太平洋側に結ぶ為、既存の高速道を補充して、物流専用道路を造り、人、物を分けます。政府の方針が決定すれば、民間企業は、使い道を躊躇していた内部余剰金を我が社も、我が社も、と入札等に力を注いでくるでしょう』。ある官僚が、『共済年金をあてがうのは如何なものか？』と不満気に言ったのです。Aは、『それを海外投資や、株式相場に宛がうというリスクを伴う話ではありませんよ？　日本国の一大変革に一時運用をお願いするだけでしょう！　しかもこの投融資は日本政府から保証された確実な運用です、増えこそすれ、減る事のない共済年金の運用なのですよ！　Fさん』。Aは、ポケットのハンカチを取り出し汗をぬぐいながら周りを見渡したのです。

経団連の一人が、『中々面白い発案ですね～。しかも現実性も在りそうです！　政府がゴーサインを出せば、企業側はやる気が出てくるでしょう。技術は充分ある訳ですし……』。委員の一人が、閣僚に向かって、『やるとすれば早い方がいいでしょう。TPPが各国で批准されれば、国際ルールに従って、各種の入札は海外勢を含めてオープンにしなければ、ISDS条項に違反しているとA国からのクレームにより裁判でも起こされたら面倒に成ると思われます。ですから現地調査と同時に国内企業の参加入札を、先ず急ぐべきでしょう』。『そうですね！　新年度早々に審議出来る様に野党にも根回しする様取り計って下さい。それから、暫くはマスコミには漏れない様に注意しましょう。漏れると、世界中に日本のスタンスがオープンになり、A国もあのウルサイ商工会議所系が、チャチを入れてくるでしょうから……くれぐれも気を付けましょう』。与党の政策担当補佐官は、課題が見つかり大いに意気があがっている。委員のGは、『こんな大型公共事業は、何十年振りか？』と隣のK氏に尋ねた」

と村中は、会議のやり取りを細かく治郎に話した。治郎は、この話を興味深く聞いた。

「村中さん、まるで田中角栄の時代を彷彿させる遣り取りですね。〝時代は蘇る!!〟ですね？　面白く成ってきましたね！　成り行きが楽しみですね」

と言って治郎は、村中と別れて帰路に就いた。

二〇一六年九月、この法案は、野党を巻き込んで何とか成立させたのだった。村中が説明する。

「大手企業は案の定、成り行きを見守っていたのですが、ご存知の通り政府の方針が決まったと見るや、個別のプロジェクトに各社は積極的に参加し、発言をして出資を申し出る企業も現れたのです。『我が社は、内部余剰金が二十兆あり、これを是非利用して頂きたい！』とT社が申し出た。『我が社は今三十兆程あり債券の運用は一旦、手仕舞い、次の運用先を検討中でしたが、長いスパンでの運用も可能ですので、是非使って頂きたい！』。『当社は三千億程余剰金がありますが、お役に立てるのでしたら是非お使い下さい！』等々…予想外に民間企業の関心が高まってきたとの事でした」

治郎はその説明を聞いてびっくりしている。

「それで、この度の参加募集は、投資と事業の入札に分けて一次、二次と行ったのです」と村中は話した。

治郎は、「それで結局、官民合わせて原資はどの位集まったのですか？」

と聞いた。

村中は、「正確な数字は分かりませんが、噂では今、四百五十兆のオファーを受けているとの話です」

治郎は、「この完成は何年契約なのですか？」と聞いた。

「見積予定では、二〇三〇年となっているようです。しかし、物流新幹線は土地の買収等の簡単でない問題もあり、時間と経費の兼ね合いが足かせとなる事が予想されます」

「確かに土地等の不動産絡みの案件は、一筋縄ではいかないでしょうね。如何されるのでしょう？」治郎は尋ねた。

「国交省は、航空写真で線引きをしているようですが、計画図面通りには地形的に難しい場所もあり、予算との兼ね合いで頭が痛いと、悲鳴を上げているとの事でした」

治郎は、瞬間的に閃いて、別の話を村中に聞かせた。

「私事ですが、昔、高校時代に気の合う友達がおりまして、互いに大学は別でしたが、彼は東京の私のアパートへ偶に顔を出していました。卒業後は、大阪商船三井船舶へ就職し、北海道・裏日本の定期航路を担当していた話を思い出しました。航路は、函館‐秋田‐新潟‐直江津‐富山‐伏木‐七尾港を定期航路とする内航船で、昭和三十年代に運航していた話を聞いておりました。当時は陸路の不備もあり、歴史的には北前船が日本海側の航路として活躍していた訳でして、この日本海側は、船の運航には其々の港の荷役業者が手慣れており、技術もあったと思われます。この貨物新幹線問題は、船に置き換えて定期航路を通せば、多額の予算と時間の節約が出来そうな気がしますよ」と治郎は、村中に進言した。

村中は、自分が渦中の担当者の様に目を輝かせて、「その手が有りましたか？」と相槌を打った。

「大沢さん、とても興味深い話ですね～。後輩にあなたのアイデアを教えても宜しいですか？」と同意を求めた。

治郎は、「どうぞ、どうぞ、年寄りの戯言で宜しければ…」と笑った。

村中は、「得てして話が行き詰まった時、第三者の意見が、ヒントを見出してくれる事が結構あるのです。大沢さん、有難う御座います、困っている後輩に早速、進言してみましょう！」

と言った。

○物流潜水艦

治郎は、「村中さん、でも、冬場の日本海は荒れますよ？　昨今の異常気象は殊更難儀するかも知れませんよ？　しかし、海中ならいいのかも……」

村中は、「と、言いますと？」と聞く。

治郎が答える。

「潜水艦ですよ！　物騒に聞こえますが、つまり、日本の高度な潜水艦の技術を民生用として、物流水中船と銘打って、運行させたら如何でしょう？　これなら日本列島何処へでも輸送出来、意外と道路等の整備やそれに掛かる財源と時間の短縮がうまくいくのかも知れませんね？　第二次世界大戦終盤少し前に、日本海軍は米本土を攻撃する為、途轍もない世界初の大型潜水艦、伊―401、402、403、内部に0式戦闘機が2機翼を畳んで、車輪代わりに救助機の様に車輪に浮わを付けた当時、奇抜な戦闘機を船内に忍ばせ、艦底には往復の燃料迄積んだ忍者潜水艦を開発完成して間もなく原爆投下を受け敗戦を余儀なくされた。残念な経緯があり、この潜水艦を海中大型タンカーとして民間物流で利用する事も如何か？……」

「大沢さん、あなたは、素晴らしいアイデアマンですね～恐れ入ります！　時代は、地上から水中、地下の世紀となりますか？」ハッハッハ、と二人は大声で笑った。

「物流水中船が軌道に乗れば、今度は、更に観光用を手掛けて、日本列島は常に海中で見張られている、と良からぬ事を企んでいる輩を諦め出せる効果も期待出来そうですよ」

「成程！　思わぬセキュリティですね。いやあ、重ね重ねあなたのアイデアに圧倒されました！」

「これは、将来日本の輸出の目玉になるかも知れません。他国は直ぐには、真似出来ませんから……」

「大沢さん、あなたの着想眼は、実に素晴らしい！　我々役人は、現実に沿った発想しか出来ない様な雰囲気の中で仕事をして参りましたから」

「それでいいんじゃないでしょうか？　国や社会を治める方々は、現実を良く見極めて、国民がより良い暮らしが出来る様に目配りする事が仕事でしょうから……突飛な事を言ったり、行動しては異分子として嫌われるでしょうし、其々の立場や役割がありますから……」

「大沢さん、有難う御座います、謙虚に受け止めて、国の為に汗を流します」と村中は、大沢に握手を求めた。

その後、治郎は、村中から以下の報告を聞いた。

「メタンハイドレートの発掘採取、ズワイガニの飼料、肥料へのリサイクル事業は、調査を得て計画、設計、予算化、実行と順調に進んでいると聞きました。物流貨物新幹線は、ペンディングとなり、物流潜水艦の可能性を見極める為、国交省、防衛省、経産省、財務省等、政府特別委員会を立ち上げて検討しているという話も聞きました。水の超利用（ファインバブル）は、既に我が国は、技術的に世界トップの座にある為、秋田工場新設は時間の問題との事でした」

「順調の様ですね？」

治郎と村中は、奇妙な出会いからもう二年が経った。二〇一七年夏、村中の多忙から一時中断していた「語り合うかい」を、久し振りにどうですか？　と村中の誘いで再開した。

洞穴から入った横穴のエレベータ前で待ち合わせ、そこから村中と一緒に四十メートル下降した所の出口で降り、例の空調の整った別室でテーブルに向かって腰掛け、自動販売機のコーヒーを取り出して村中は、治郎に差し出した。治郎は礼を言うと缶を顔の前で少し上げて「頂きます」と缶の口を開けた。

治郎は「お元気でしたか？」と村中を気遣った。

「この通り元気ですが、在らぬ用事で少々疲れました！　でも、あなたの顔を拝見すると元気が出ます！」と笑った。

治郎も「いやあ、私も同感です！」と返した。

「ところで、村中さん、例の事業は順調ですか？」

「進んでいる様ですよ！　上越沖のメタンハイドレートは、海中調査が終わり、直江津沖の船舶の航路に支障が無い場所に櫓が組まれ、工事関係者は気合いが入って居ると聞きました。飼料、肥料工場も上屋建設が始まっていて、福井工場は完成間近、直江津工場は鉄骨部分は出来上がったと言っておりました。秋田の水処理工場は、設備も整い試運転が始まっているそうです。……只、問題が一つ出てきた様です」

「問題とは？」治郎が尋ねると、村中は、

「例の民生用潜水艦ですが、A国がやはり聞き付け、我々に内緒で何をしている？　とTPP絡みのA国商工会議所系がチャチを入れてきて、共同開発をさせろ！　と政府にごねているらしいのです？」

「日本の国内問題であり、軍事用の潜水艦ではないのに主権侵害、越権行為も甚だしい勘違い野郎ですね？」

「そうなんです、政府も我が国の産業改革の一環であり、既に民生用の物流水中船として、開発を始めており、並行して技術のある企業を二社に絞って発注を終えており、完成は三年後に一号船が仕上がる予定であり、既に国際特許の申請も行っております、とA国には伝えた、との事でした」

「彼等は、グローバルと言う呪文を唱えて、海外から如何にマネーを吸い取るか、チャンスと見れば、何でも食い付く、油断出来ない生物と言えるでしょう」治郎は、言い難い事をさらりと言った。続けて、

「彼らのビジネスは、研究、生産、販売と手間の掛かる過程を排除して、その結果、流通するマネーのみを操る方法を手に入れた。これが彼らの金融工学という金融にずば抜けた知恵がある者の正体なのですよ。分かり易く言えば、ＩＴ相場師と言う油断ならない厄介者ですが、今では巨万の富を手にしていますので、あの勢力には、世界中が手を焼いています。場合によっては、国をそっくり手に入れる事も出来るでしょう。金が全てのこの世では、力も汗も出さずに、空調の効いた部屋のデスクで人々が納得する為の相場の材料作りの味付けをして、吹聴し乍ら相場を動かせば、人々はついてくる……これが俺達の遣り方、相場観だと世界は振り回されているようです。ですから、海外ファンドに投資を依頼する国も企業も何れすっかり持っていかれるので、辞めた方がいい事と早く気付くべきでしょう。考えてみてもお分かりの通り、どんなにカッコ付けても金融とは、丁半博打ですよ。一方が儲けるには、他方に損させる必要があります。やはり根底には、欧米の植民地主義の美味しさが忘れられないのでしょう。搾取ですよ！　欧米の民主主義とは何でしょう？　キリスト教の精神は？　詐欺まがいの行為を正当化して見せたり、軍需産業の金儲けの圧力で戦争を仕掛けたり、自国の利益の為、と堂々と発言したり、その事により他国が悲惨な目に遭っても、仕方がない？　との考え方は、まるで戦国時代に歴史の針が逆回転し始めた様です。世界の指導的立場を自認してきたＡ国の、政治的、経済的なタガが緩んできた事で、世界中は、いわば日本の歴史でいえば、室町時代末期の群雄割拠の状態に入ったかの様です。イスラム国と名乗るグループの台頭、シリア難民の大移動、受入国側の根底にある拒否問題と欧州の混乱、R国P大統領のチョッカイ、B国余袁平の野望、等々……勘違い、思い上がり、出しゃばり達の狂気が台頭し、国連はあの通り無能！　IMFのいい加減さ！　益々サイバーテロの常習化！　グローバル化と言う名の怪しげなシステム！　日本政府は、このクレージイズムに振り回されない様、目配りして、一刻も早く国内産業の立て直しに力点を置き、汎用品の輸出に頼らず、内需活性の一点に絞って推進すべき時です！」

治郎は、心の中のモヤモヤを一気に吐き出した。

「おっしゃる通り、今の日本は、丁度脱皮する過渡期の状態でしょう。大事な時期です。一方の誘惑に偏らず、態度を鮮明にしない事が日本の将来に必ずプラスに働くでしょう。あちら、こちらから雑音が入り、事を性急に求められるでしょうが、即答を避け判断を誤る事の無き様、むやみに約束しない事です。今の内閣は、ややもすると急ぎ過ぎる傾向がありますから、気を付けないと取り返しがつかなくなりますから……」

村中は、独り言の様に自分に言い聞かせているようでもあった。治郎は、

「村中さん、私も同感です！　日本の環境は、今、四面狂気の雰囲気に直面しており、難しい案件は時間を掛け、慎重に判断すべきであり、ノーと言う勇気も必要です！　押しつけや、誘惑には必ず裏があ

り、そこに狂気が潜んでいるものです！　第二次世界大戦直前の苦い経験を思い出すべきでしょう」

「この、いっときを乗り切れば、今の緊迫状態から、少しゆとりも見えてくると思いますが……世界の雰囲気は、又、軍備増強を進めておりますが、近未来に待ち受けているのは、核等による強固な軍備が寧ろ仇となり、核を持つ国は逆にその恐怖と戦わねばならなくなる時代がやって来るようですよ。他国の進んだスパコンの遠隔操作により、知らない内に核保有国のミサイルや核の標的が、遠隔操作により変更され、自国の軍や政府が標的となって実行される……人間の体で例えれば、外からのウイルスを攻撃する筈の免疫細胞の暴走により、自己細胞を攻撃する現象です。大変な事になるでしょう。つまり、もう大掛かりな軍事力は無意味であり、他国といがみ合う事の愚かさを其々の国は知るべきでしょう。A国もB国もC国も、その他も同様に……」

治郎は、村中の説に相槌を打っている。

「いやあ、大沢さん今日は時の流れる儘に語り合い、久し振りに体中にパワーが吹き込まれた感じが致します！　私、この後急ぎの用を思い出しました。大沢さん、又次の機会に是非お逢い致しましょう！今日は本当に忌憚のないお話有難う御座いました、又連絡致します！　出口迄お送り致しましょう！」

とドアを開けエレベータに向かった。

村中は、「この次は理想の街づくりについてでしょうか？」

治郎は、「是非ご高説を拝聴したいものです！」

「では、近いうちに又、お逢いしましょう！」と言って別れた。

村中から暫く連絡は無く、治郎と美香は、いつも通り毎週火、水、木と別宅のシャトー・of・ハルカで平穏な日々を過ごしていた。

九月迄は暑かった日々も、月を追うごとに一転して肌寒さが感じられ、秋は矢張り訪れる変化の兆しを見せ始めた。ニュースは各地の紅葉の便りが多くなり、足早に訪れそうな冬の予感が感じられる。

「あなた、今年の雪は如何なのでしょうか？」

「ん、私もそれを考えていた……そろそろ冬タイヤに交換をせねば、と思うのだが」

「例年より少し遅い様な気がしますわ」

「でも十一月に入ったら交換しよう」

「そうですわね、慌てない様に準備しましょう」

山の生活は、雪の便りに敏感となる雪国特有の事情がある。治郎と美香は、冬に備えて庭木を守る為、防護用の竹材や藁、縄等の準備の為、ホームセンターで買い揃えた。冬期間は、家庭用の太陽光発電も雪等の事情で効率が悪い為、補助暖房用灯油もストックした。メインの暖房は天然の薪ストーブだ。地元の木材が伐採され、製材工場で規格材を作る時の端材は、無駄無くリサイクル業者に渡り、粉砕されて木屑を凝固剤で固めた燃料片（ペレット）として、五〜十kgで安く手に入る。これは元々木材だから、燃やすと遠赤外線効果で、実に心地良い暖かさで体の芯迄温めてくれる。換気は必要だが、石油系ストーブより部屋の空気は汚れにくい。治郎達は、十月中頃から朝晩の冷え込みがドスンと来た為、躊躇なく大きな薪ストーブを使い始めた。実に快適だ！　外へ出なければこの部屋は、夏の沖縄か、ハワイだ！

テレビを見ていた美香は、

「あなた、最近のニュースは毎日の様に自動車事故や因果関係が不明な殺人事件が多い様な気がして不気味ですわ。私、怖いわ」

「出来るだけ私も美香の買い物に付き合うから、心配いらないよ」

「はい！　お願いします！」と言って直立不動で敬礼した。

この頃美香が時々するお道化た仕草に、治郎は可笑しいと声を立てて笑った、つられて美香も大笑いした。

○噂の御仁が我家にやって来る

二〇一七年一月、新しい年が巡ってきた。治郎と美香は近くの神社で初詣をして、昨年中の無事を感謝し、今年も変わらぬ無事を祈った。そして、何時もの様に仏壇にお節料理、お神酒、餅を供えて手を合わせた。二人で新しい年に向かって食事をした。雑煮餅とあんこ餅を二つずつ、計四個ずつ食した。

「ふ～正月だね～」と治郎は呟いた。

「毎年の事ですけど、矢張り正月は心が新たに引き締まる気が致しますわ」

美香は治郎のお猪口にお神酒を注いだ。子供達は其々県外で一家の嗜みをちゃんとしているに違いない。連休の休みは、家族で海外へ出掛ける者、国内旅行を満喫する者等、其々がその家族の考えがある為、治郎達は敢えて里帰りは勧めない。休みか、夏休みに顔を出すのか？　と思っている。いや、強制もしない、無事であればそれでいいのだ。逆に子供達も親達の事を気づかって、余程の事が無ければ二、三ヵ月に一度、安否の電話を掛けてくる位だ。それでも治郎達は節目、節目に孫の入学祝や就職祝い等の祝い事は、親としてのけじめを心得ている。

小寒を過ぎて、翌日午後、治郎の携帯の受信音がなった。あの村中からだった。

「村中です。明けましておめでとう御座います。ご無沙汰しておりましたが、お元気でしょうか？」

「いやあ、村中さん、こちらこそ明けましておめでとう御座います！　今年も宜しくお願い致します」

と治郎は、気になる人の声を聴き、逢いたいと思った。

「村中さん、正月位は時間が取れるのでしょう？　如何ですか、一度私達の家にいらっしゃいませんか？家内もあなたにお逢いしたいと言っておりますし」

「それは大変恐縮です。では、お言葉に甘えて来週火曜日に仕事を開けますが、お宅のご都合は？」

「私達は、毎週火、水、木なら何時でも空いております。宜しかったら一泊していかれませんか？」

「ご迷惑でしょう？」

「こちらは、一泊でも二泊でも構いません、お待ちしています。一月十日火曜日に何時もの洞穴の入り口で十時にお待ちする事で如何でしょう？」

「宜しいのですか？　お迎え迄ご迷惑をお掛けして」

「何を仰います、家内もお逢いする事を楽しみにしていますから」

「では、図々しくお言葉に甘えさせて頂きます。十日、宜しくお願いします」と携帯は切れた。

治郎は台所で洗い物をしていた美香に声を掛け、村中を十日に我が家へ誘った事を告げた。美香は大変喜んで、「私、一杯料理を作りますわ！」と意気込んでいる。今のところ、思いの外、例年より雪は少ない。しかし此の儘では収まる筈はない。十日は天候に恵まれる事を治郎は心の中で祈った。

週明けの当日はみぞれ交じりの小雨だった。まぁ、雪より良しとしよう。治郎は身支度をし、美香に見送られて八時に家を出て山に向かって車を走り出させた。この程度の雪なら然程、山でも足捌きはきつく無いだろう。しかし、万一の事を考えて、治郎は二人分のカンジキを用意し、ザックに背負っている。何しろ洞穴迄の上り下りは、長靴程度では難儀する。きっと村中氏から感謝されるだろう。

治郎は通い慣れた道を山に向かって走り、福連寺山の登山口へ着き、急いでその足で不動堂山の中腹目指して登り始めた。雪道は多少慎重さも必要であり、治郎の気持ちは若いと言えども年を考えれば、怪我には最も注意が必要だろう。充分な時間を取って目的地の洞穴迄歩を進め、十時五分頃洞穴入り口に着いた。村中は元公務員らしく、きっちり十時に入り口に待っていた。大沢を見つけると、顔をくしやくしやにして、

「お久し振りです、お元気そうで何よりです」

と両手を出して握手を求めてきた。治郎は、

「お陰様でこの通り風邪もひかず元気にしております！　あなたもお元気そうで安堵しました」と治郎もお互いの無事を喜んだ。

「さぁ、村中さん我が家へ急ぎましょう！　家内も首を長くしてあなたの到着を待っている筈ですから」

「いやあ、本当に恐縮です」

治郎はザックを肩から外し、カンジキを取り出して、「雪で足元が不安定ですから、これを長靴に付けて行きましょう」と言って付け方を指導して装着した。

「これがカンジキと言うんですね？　初めて装着しました。雪国の先人達が作り出した知恵ですね。いい経験になります」と村中は笑顔だ。

二人は雑談し乍ら十一時過ぎに登山口の治郎の車へと辿り着いた。車のシートに二人は腰を下ろし、

「雪道は矢張りしんどいですね〜」村中は治郎に言った。

「村中さん、雪国の住人は、あなた方都会人と違って、気合いと、根性で生きているのですよ！」と笑い乍ら冗談を言った。

「成程、気合いですか？　そうでしょうね、気合いですね！」と二人でハッハッハと大笑いした。

車は先を急ぐように走っている。みぞれ雪は、二人の再会を祝福するかの様に徐々に小降りとなり、雲の切れ間から薄日が差してきた。治郎は、「有り難い！　雪が止みました」目障りなワイパーをオフにし、「村中さん、もう二十分程で着きます」と助手席の村中に声を掛けた。村中は、車の窓から雪を載せた木の枝の白い綿模様の連続絵が通り過ぎる様子を見乍ら、若い日の我が家で妻と子供達で過ごしたクリスマスのモミの木に飾り付けた白い綿を懐かしく思い出していた。

……いつの間に睡魔が襲ってきたのか？　うたた寝をしていたらしい。治郎は、村中のお疲れの様子を隣で感じ乍ら、静かに車を走らせ我が家に着いた。

「村中さん、お疲れ様でした、到着しました」と肩を軽く揺すった。ハッ！　とした村中は、

「お大沢さん、すっかりうたた寝をしてしまいました、失礼しました」

村中はバツが悪そうに言った。治郎は、「狭い我が家ですが、どーぞ！」と先に降りて助手席のドアを開けた。

村中はキョロキョロと辺りを眺め、「随分広いお庭ですね～」と言った。

治郎は「百八十坪程あります、二人暮らしですから、中古の平屋建てを五年程前に購入しました」

「環境も良さそうで、実に素晴らしい！」村中は未だ辺りをキョロキョロ見ている。

「さあ、どうぞ！」と玄関のベルを押した。

「お帰りなさい！」と美香がドアを開けた。

治郎は、「村中さんをお連れしましたよ！」と美香に紹介すると、美香は挨拶した。

「初めまして、いつも主人から村中様の事を伺っておりました！　寒いでしょうから、どうぞ中へお入り下さい」

村中は、「挨拶が遅れましたが、村中と申します、この度は、ご主人に誘われる儘、図々しくお邪魔し

てしまい恐縮しております」

「いいえ、主人こそ村中様とお逢い出来、いい人と縁が出来たとはしゃいでおりますのよ」

「それは私も同じ気持ちです！」と初対面の美香と三人はすっかり打ち解けたようだ。村中をリビングへ通すと、美香は、

「お風呂が沸いておりますので、先ずは、ごゆっくりお入り下さい」

と用意していた浴衣と帯と半纏を一式入れてある籠を差し出して村中に渡し、浴室へ案内した。

「これはこれは恐縮です。では遠慮なく頂きます」

とドアを開け脱衣室に入った。鏡の前に棚があり、歯ブラシ、ヘアブラシ、ヘアクリーム、ドライヤー、タオル、バスタオル等が用意してあった。村中は、流石に大沢氏の奥さんは確り者だ、と内心頷いている。浴室にはバスタブに程良い湯が張られており、足を入れると少し熱さを感じたが、すぐに心地良い温かさが全身を包み込んできた。「ふ～極楽だ！」思わず呟いた。村中は、ここ数年山の生活に馴染んでいたが、今、昔の我が家の生活が、フっと甦り、亡くした家内の朝子を思い出し、懐かしさに目頭が熱くなった。頭や体を洗い流して、ゆっくりと湯船に浸り充分に温まってから、シャワーで流してから、脱衣室に入り鏡に向かって髪を整え、浴衣と半纏姿になってリビングへ戻ると、もう食事の支度が整っており、美香から、

「多少は疲れが取れましたでしょうか？」と声が掛かった。

「奥さん、大変いい湯でした。本当にお気遣い有難う御座いました」と礼を言い乍ら頭を下げた。

治郎は別室から同じく浴衣と半纏姿で現れ、

「村中さん、日頃お忙しいお仕事でしょうから、今日は時間を気にせず、ゆっくりと寛ぎませんか？」

と風呂上りにビールを勧めた。

ツマミは鰤、甘海老、イカの刺身、ノッペイ汁（里芋、こんにゃく、人参、油揚げ、シイタケ、打ち豆、銀杏、なめ茸等の入った郷土料理）、チーズ、干し柿、ソフト裂きイカ、ピーナツ等々の乾きもの。

治郎と村中は、互いに注ぎつ注がれつ、調子が上がってきた。

「いよいよ世界の政局は年明けから大きく動き始めましたね」

村中は切り出した。

「国内では、昨今異常な程の連日と言ってもいい殺人事件、交通事故、放火も絡む火事、等々……温暖化による異常気象と微妙な関係があるのでしょうか？」

治郎はビールを注ぎながら村中に問い掛けた。

「本当のところは分かりませんが、人間の心理には影響を受けている部分はあるのかも知れません。例えばＢ国経済も、急速な経済の膨張、世界各国からの過剰な歩み寄りで、我々は大国だ、と勘違いした結果、指導者達の舵の切り違い読み違いから独善的に成り、その結果は、あの国の財政を逼迫させた……その一因も環境問題、国政問題等難問を以前から抱えていたようですし」

「国土が大きい、人口が多いと、規模だけで世界はその潜在マーケットを勝手に判断して、過剰なラブコールを送り過ぎ、投資し過ぎだったようですね」

「そう思います。人間のする事は矢張りその時、その瞬間の責任グループの心理状態により決められる怖さがありますね。一方、世界中から注目を集めたA国は、意外な人物の当選で、世界はこれからの情勢が見通せなく緊迫しているようですし……我が国の近くに存在しているK国は、国として考えられない三文記事的大騒動で、大統領の弾劾可決、憲法裁判所の最終判断がどう出るのか？　又、昨年末に決着した筈の慰安婦問題が、更に領事館前に像が増設され、国際法を簡単に反故にされる等、国として呆れる程のていたらくは、もう認知症国家と思われても仕方ないでしょう。もう一つ我が国にとって、マスコミや内閣が注目した北方領土問題は、昨年十二月にR国のP大統領と総理が会談を持ちました。直ぐには結論は出ないと思われますが、百戦錬磨のP大統領が、如何対応して両国で纏められるのか？　難しいところですね」

「この問題は日、Rだけの問題じゃ無くなってきた様です、A国のT大統領の存在が絡みそうで、ARの接近が現実になった場合、P大統領が変質するのか？　という新たな心配も有る様です」

二人の談義が熱を帯びてきたところ、美香が、すき焼き鍋を重そうに両手で支え「どうぞ召し上がって…」とテーブルの鍋敷きに載せた。

治郎は、「美味しそうだね～、美香も一緒に如何？　村中さんいいですか？」と同意を求めた。

○回想

村中は、笑顔で頷いている。

「奥様、本当にご馳走様です、こんな家庭的な夕餉は何年振りでしょう。僕は感激で胸が一杯です！　それにしても大沢さん、酒の勢いで言わせて貰いますが、奥様の知的な美しさは、羨ましい限りです。羨ましい、ついでにお二人の出会い等のお話をご披露頂ければ、如何でしょう？」

「突然そう言われますと面喰らいますが……酔った勢いで言っちゃいますか？　美香いいかい？」と美香に同意を求めた。

「私、恥ずかしいですわ！」と言った。

治郎は「君もグラスを持ってきて仲間に入れれば、酒で中和されるさ？」と笑っている。村中も「奥様乾杯しましょう！」と美香をそそのかしている。「少しだけですわよ？」とグラスを持参してきた。村中は、「ではどうぞ！」と手前のビールを持ち上げ、美香のグラスに並々注いだ。三人ですき焼きの大鍋をつつき乍ら、治郎の昔話が始まった。

「私が妻の浜子を亡くしてから、もう彼是六年程経つでしょうか？　当時その後始末や何だかんだで一年位は、忙しくしていました。その後やや落ち着いてきましたので、天気のいい日は近くにある丘の上の日本海が見える大きな公園に、時々散歩がてらに本を携えて、よく行っていました。ある日公園のベンチで半分微睡み乍ら本を見ている時に、今の家内に『今日は』と声を掛けられ、ハッとして挨拶を返しました。美香もよくこの公園に来ていたらしく、私を見かけていたらしいのですが、あの時、思い切って声を掛けたと言いました」

「あなた、そんな事恥ずかしいわ?」と言って席を外した。

「その後、何回か逢う度に、お互いにその存在が心に刻まれ、淡い恋らしきものに変化していくようでした。ある日私は、奇跡的な夢を見たのです。私は、前妻の浜子と二人で新潟では一般的なハイキングコースで人気がある五頭山という山を登っておりました。その夢の中の展望台で一休みしている時、展望台に向かって一人の女性が歩いてくる姿を妻が見つけ、『ここよ、早く、早く!』と手招きするのです。私は、妻の知り合いか?　とその方向を見ると、足早に歩いてくる女性が、今の美香だったのです。私は、吃驚して何で亡くなった妻が知っているのか?　内心動揺しましたが、浜子は平然と『あなた、紹介するわ!　永井美香さんよ!』と名前まで知っているのです。その時、美香も平然と私に『初めまして、永井美香と申します』と挨拶するので、私も慌てて『大沢治郎です』と、つられて挨拶したのです。その時隣にいた筈の浜子はフッと姿が消えたのです。夢の中で美香と二人になって、前後の関係が分からず、私は混乱しました。その時、美香に『私の妻を知っていましたか？』と聞くと、『今日、初めてお会いしました、私、何か見えない力に導かれてその事に何の不安も無く、自然と体が誘導される様にこの場所に辿り着いたと思います』と夢の中で美香が言ったのです。それで私は、『あなたは、以前からトレッキング（山歩き）の経験はあったのですか？』と聞くと、『私、山登りは初めてです！』と言うのです、夢の中で美香が言うには、二日前に幻の声に導かれる儘、スポーツ店でシューズとザック等の身の回り品を買い求め、翌日意識の中で命じられるまま早起きし、寺尾駅から新潟駅で乗り換えバスセンターへ移動して、朝六時四十分発の水原行きに乗り、そこから八時五分の出湯行のバスに乗り換えて見えない力に誘導されるように登山口からこの展望台まで疲れも知らず来たようです』と言ったのです。その時、目が覚めて少し頭痛がありました。時計は、朝の四時過ぎだったと思います。私はその頃、美香とは何でも話せる雰囲気のある女性だと心に淡い恋心みたいなものを感じておりましたが、いい年をして、子供達に打ち明ける事も叶わず、躊躇しておりました。『人生とは何か？　出会いはこの年でも有りか？　でも許されるのか？……　いや、話し相手ならいいのでは……罪なのか？　神が、いや、浜子が巡り会わせてくれたのなら』……と自問自答を繰り返す日々が続きました」

中座していた美香が戻ってきている。美香は、

「主人から後でその話を聞かされて大変ビックリ致しましたが、余りにも不思議なお話でしたので、私

は、怖さと同時に私達は、神に見られているのだわ？　と覚悟を新たにし、人としての道を誤らず、感謝の心で残りの余生を過ごしたいものですわ！」

とお酒の勢いもあり、美香は本音を言った。…村中は、二人の話を聞いて、

「大沢さんと奥様の素晴らしい出会いと、亡くなられた前の奥様と夢の中での粋な計らいの不思議が、夢と現実の狭間で展開された？　正に神の仕業か？　と私も身震いする程のお話に、こんな事が世の中にあるのか？　私は、長い人生で初めて知りました。お二人に対し、『おめでとう御座います！』と、心から祝福申し上げますと同時に、内心お二人が羨ましい、嫉妬も湧いてきました！」

と村中の本音も吐露したのだった。

「それで、新潟市内でお住みだったのに、何でこの地に住んでいるのですか？」

村中は、更に質問した。治郎は、

「新潟での暮らしは、お互いに問題もなく暮らしておりましたが、公園での私達の出逢いが、私の心の奥底に潜んでいた会話の無い生活の寂しさ、孤独から縋ろうとする一本の糸を掴んだ気がしたのです。公園での美香との会話は、自分を過剰に飾らない素の心を互いに曝け出す事に何のためらいも無く、本音の会話に私は、美香の人間性に強く心を揺さぶられ、趣味も似ている事で、話している時間が楽しく、又逢いたい！　と思う様になりました。しかし、互いに独り身であり、お互いの自宅への行き来も近所

の好奇な目を気にせざるを得ない事情もあり、公園の駐車場の車の中で逢ったり、近場の日帰りピクニックで会話を楽しんだりしておりました。それだけでも私達は、充分人生の楽しさを満喫していたのですが……ある日、新聞チラシの不動産情報にふと目が留まり、この家の情報に心惹かれ、すぐ不動産屋に電話をしてみたのです。先方は、何時でも現地案内は出来ます。との事でしたので、時間のある私は、すぐ現場を見せて貰いに出掛け、私は、その場ですっかり気に入り手付金を打ち、後日契約したのです。美香は余りに急な話をしたので、啞然としておりました」

村中は、美香に向かって「奥様は如何だったのでしょう?」と問い掛けた。

「えぇ、余りに突然のお話を聞かされ、この人の決断の速さに寧ろ心配致しましたが、日頃落ち着いて物事を判断出来る頼もしい人! と信頼しておりましたから、この件は私達の心の糧となる時空を超えた幸せの場所なのだろうと、この人に全面的にお任せする事に決めたのです」

村中は、「何と純粋で美しい熟年愛なんでしょう?」と絶賛した。

治郎は、「村中さん、私達は戸籍上の夫婦ではなく、疑似夫婦として、出来るところまで子や孫に迷惑が掛からない様、お互いの介護迄、気遣う間柄の約束を結んでいるのです、其々の子供達の存在を無視して親の我が儘を通す訳には参りません。この事は以前に子供達へ話をして理解して貰っています」

村中は、「又、又驚きですね～、完璧な人生を歩んでいらっしゃる。あなた方は、言葉が見つかりませんが、一種の『熟年同棲愛』でしょうか？　子供達への愛、お互い伴侶への愛、今を大切にし、欲をセーブした理知的な生き方！　う～ん素晴らしい！」

村中は、唸った。治郎は、

「そんなに持ち上げられては、動揺してしまいます。しかし、同棲という言葉は今迄、若い人達の特権と思っておりました。気心の通じた若い男女が同じ目的の為にある一定期間生活場所を同じくし、経費を半分ずつシェアし合って合理的にその時空間を過ごす、例えば、卒業迄の学生カップル等が、そして其々の世界に旅立てば、その関係は終了する。しかし、私達は、寂しさ、孤独を支え合える確かな相手と終の時間を共有する人生終盤の支え合いなので、所謂同棲と思いたくないのです！」と、治郎は笑って言った。

「成程、あなたの言葉は奥が深い！　では、『支え愛、いや、熟慮愛』でしょうか？　ハッ、ハッ、ハ」

治郎と村中は大声で笑っている。村中は、

「それに引き換え私は、この年になっても未だ国の下部組織で働いている……考えさせられます。あなた方が羨ましい～」

と、両手を組んで考え込んでいる。

治郎は、「村中さん達、お役人の日頃の支えで、この国は未来に向かって守られていますので、国民は安心して生きられるのです！」

治郎と美香は有難う御座いますと、頭を下げた。

○世界中が複雑に絡み合い先が見えない

「大沢さん夫婦の不思議な出会いと固い絆のお話を伺い、人様の人生をこんなに興味深く聞き入った事は、初めてです」

治郎は、「村中さんにうまく乗せられて、ついつい私事を話した事は不覚でした？　酒の気と言う事で、水に流して下さい、ハッ、ハッ、ハ」

と治郎は話を元へ戻そうとしていた。美香は、少し休みたい、と中座した。村中と治郎の酒のペースは落ちてきたが、しかし酒は止めない。

「先程の話ですが、A国新大統領の一挙手一投足、世界観等は？　B国経済の行方と安保、C国大統領との領土問題の行方？　EUと英、独の行方？　等々……日本に如何影響があるでしょうか？」

村中は、「難問でね〜、政治家じゃない私には、総理や官邸の意向は知りませんが……A国T大統領は、メキシコとの国境に壁を作る、と断言し、TPPは離脱する、NAFTA（北米自由貿易協定）は再交渉する、日本、B国からの輸入超過問題は是正を求める！　と息巻いています」どう展開されるのか？

先ずは国同士の行方を見て見ましょう。「B国の問題はA国に限らず、特に我が国に取っては冷静に見守る必要があるでしょう」

「B国はかって、日本の失われた二十年と言われた不況に付いて分析し、我々は、日本の徹を決して踏まない！　と冷ややかな批判をしました。しかし、一時期の好調な経済に思い上がった党幹部は、過剰な自信が裏目に出て、その上世界の動向の読み違いと、強引さがあの国の財政を幾重にも苦しませ、とうとう化けの皮が剥がれて、株価は大暴落、市場にストップを掛けたり各種の経済指標を捏造したりの大騒ぎで、世界にB国の本当の姿を知られてしまった訳で、最近はB国広報のビッグマウスも陰り気味のようで、泣き言も聞こえてくる様ですよ」

と治郎は笑った。

「そうですね～、相手はB国共産党ですから、何をしてくるか分かりません。一部のネット上では、党員の八十五％が、B国脱出を目論んでいる、と言うような怪しげな説もあるようですよ」

「近所のK国もB国も大騒ぎですなあ～」

○北方領土マジックを操るP大統領

「昨年末にR国大統領と総理が、地元山口県で待望の会談を持ちました」

「領土は帰ってくる可能性は？」

治郎は村中のグラスに酒を注ぎ乍ら、意見を求めた。村中は、

「総理の腹の内は分かりませんが、我々素人目には、我が国が前のめりに歩を進めそうな気がして心配です。日本にとって交渉事が、結果的に無駄な投資とならないよう、カードを吟味して切って貰いたいと祈るばかりです」

「私もそう思います！」治郎は同意した。

「総理にとって領土交渉は最重要問題と捉えておるようですが、R国大統領は、手ごわい交渉相手です。急いではいけないと思います。寧ろ表向き余裕のある焦りを見せない交渉を仕掛けるのです。相手は、領土の主権を維持したまま平和条約を結び、共同管理、共同事業と言うカードをちらつかせて、両国民はビザ無しで自由に島へ出入り出来る。しかし、島の主権はR国の物ですよ？　だから、R国の法に従って貰いますよ？　仲良くしましょう、お互いに……こんな交渉ならしない方がいいと思いませんか？」

「又、彼らが念願の天然ガス等のパイプラインを北海道迄繋げ日本のでかい消費量の恩恵に与ろうとの思惑もP大統領の大きな狙いの一つでしょう。パイプラインは完成してバルブを開けば、それだけで時間の経過と共にメーターが回りだし、何の苦労もなく年中支払いが発生する。こんな楽で楽しい金儲けは、簡単には無いのです。しかも共同事業とはいう物の殆ど需要家の日本資本が、財源を賄う事になるのでしょう？　そして、ラインが北海道に繋がれば、R国の事務所も出来当然、社員とその家族迄フリービザで島と行き来出来、暗黙の国境無しの状態が一般的となり、いつの間にか人口増加して、家族向けの幼稚園、小学校、高校、大学迄時間の経過により出来るでしょう。つまり他人の資本で彼等は、夢に見た日本の大地に大手を振って我が物顔で闊歩出来る、自分達の新しい街の建設も出来る……我々は日本と平和条約を結んでいるから……だから日本人と同じ権利がある等々の問題が発生し、トラブルとなるでしょう。正にEUの移民問題の二の舞となり、挙句の果てに国同士の排斥問題に発展する事だって考えておく必要があります。長い歴史の中で、異民族、他民族と仲良くなれる奇跡は無いでしょう？一線を引いてのみ均衡が保てるもので、しかし、隙があれば隣から攻めてくる事は人間の本能なのですから……私は、平和条約を否定する者ではありませんが、北海道にパイプラインを引く事は強く反対します！」

と村中は、酒の勢いもあり、威勢よく啖呵を切った!!

○もう一つの頭痛の種

「村中さん、私は北方領土問題より、その前に北海道の凋落現象の歯止めを掛ける政府の投資が大前提と感じています」

「具体的に、その根拠は何でしょう？」

「えぇ、ご存知の通り、昨今B国民によって北海道の手付かずの林野や山等の大規模な不動産がどんどん買われており、他に建物、マンション等も安く買われており、現地の不動産屋は大繁盛で、鼻息も荒いようですが、客筋はB国民でその噂が全国的に広がっており、他県の土地持ち迄、先祖からの大事な山林等を手放してお金にしたい欲望から、北海道の不動産屋にB国人へこの物件を紹介いただけませんか？　手数料はきちんと支払いますから、と日本を切り売りするバカ者達が増えていると言われています。相手はルールを平気で無視するB国人ですよ？」

「成程、B国民は本国では土地の所有は国の物で個人や企業は持てません。土地は賃貸契約ですが、政府から何時明け渡しを通告されるか分かりません。つまり国民はご存知の通り植民地化の人民、根無し草なのです。その上、川や大気は絶望な位汚染され、雨も少ない台地は、年々砂漠化が進みP京などの大都市は、水不足から地下水を大量に汲み上げて使って要る為、近年は毎年の様に地盤沈下が著しく、あの国の高層ビル群は、何れ倒壊の憂き目に遭う危険が出てくるでしょう」

「国民だって薄々感じていると思いますよ」

「だから、政府の役人も、国民もあの国に未練は無く、早く自分達のパラダイスを手に入れ大量移民を企てているのではないか？　と思われる動きをしているようです。政府は、住み易い外国の手薄な土地に目を付け、先ず専門家が個人名で物件の価値を狙い定め、どんどん契約させて手に入れる。（裏では、確実に政府が関与していると推察する）狙うのは、カナダ、オーストラリア、沖縄、そして北海道と推察するのです。呑気な政府は、危機管理が他国に比べて甘く、此の儘では東京五輪で浮かれている二〇二〇年迄に北海道の半分位の土地がB国政府によって登記完了となる悪夢が懸念されそうです。戦争せずに合法的に敵国の領地になるのですよ？　しかも長年に渡り我国の金融緩和を利用して、国際通貨の「円」を大量に借りて、B国は堂々と不動産買いをしていると思われるが、政府は気付かないのでしょうか？」

治郎は額の汗をハンカチで拭った。村中は、「あなたの説には信憑性が感じられます！　実に恐ろしい話ですね」と身震いしている。

「つまり、あの国のやり方はB国街を作り、その後色んな手段で本国から移民が入ってくる。中には不法侵入も、見つかれば領事館に逃げ込んで治外法権で保護する。又全国に散らばっているB国人が一斉に北海道に集結する。そしてあらゆる手（得意の脅し等）を使って市民権を勝ち取る！　もう分かったでしょう？　行く末は、北海道の行政のトップ、知事ですよ！　B国人の膨張により選挙人の数を確保し、難なくB国系日本人として知事を獲得、約八・四万平方キロメートルの素晴らしい大地、透き通った水と空気、ラベンダーの香る安らぎの大地、穢れない自然の残る景色、近海に溢れる魚の群れ！　彼等は夢に描いたパラダイスを手にする夢に近づいた。そして、世界を見渡す憧れのパシフィックオーシャン、もうアラスカが見えるぞ！　この延長上に、アラスカ、カナダ、我々の第二の国家建設が進んでいる！　同胞よ、乾杯しよう『謝謝、謝謝』大B帝国万歳!!　見たか、小賢しい国々、我々は、予定通りに、国を乗り換え、脱皮するスクラップ＆ビルトで蘇るのだ……こんなシナリオが描かれている、と思うのは私だけの妄想でしょうか？」

村中は、治郎の心配の深さに脱帽した。

「あなたは、そこ迄考えているのですか？　私達日本人は戦後国民の弛まぬ努力もあり、豊かな時代を過ごし、人として『善』の道を歩んできたと思います。しかし今、世界は人々が変質し、世界の常識はグレーが主流となり、やがてこの先に世の中が乱れ道義が薄れる暗黒のブラックが、手招いているのかも知れません」

治郎は、「政府は急いで手を打って貰いたいものです。B国人に買われた林野等の不動産は、現在の法を改正し、北海道の不動産取引税、土地家屋の不動産税を三年前に遡り税率を五倍に引き上げる。但し改正日から三ヵ月以内に手放す場合は、特例として道庁が現相場の二倍で買い取る事とする。それは道内の都市整備の為であり、現在の投資家に不利益とならない様に猶予を与える。等の何らかの手段を使って国は買い戻す事です」

村中は、身を乗り出して、「大沢さん何か魂胆が有りそうですね？」と聞く。

治郎は、「村中さんが、前に話された東京の人口膨張を抑え、新しい都市造りに関連したお話にヒントを得て、日本の都市改造をこの際、大胆に官民の知力、財力を投入するには、いいタイミングが来ていると思うのですが……」

「具体的なお話を聞かせて貰えますか？」

○北海道大開発プロジェクト

二人は、本当に酒が強かった。

「冷《ひや》はついついピッチがあがりますね～」

治郎は、「ゆっくりやりましょう。今日はお忙しい村中さんと、こうして時間を気にせずお話し出来るいい機会なので……」

「そうでしたね！　これからあなたの肝心なお話を伺ういいチャンスでしたので、酒で眠気が出ない様にしなくては……」

村中は、気合いを入れた。

「ところで、話は戻りますが、今の東京は、世界の都市の中でも優れた文化と、日毎変貌する街並みを誇るほぼ完成された大都市でしょう？」

「そう思います」

「しかし、都内の古い町並みは地震、火災等の対策は必要ですし、橋や下水道等の古いインフラの改修は今後も出てくるでしょう。増え続ける人口の一極集中を抑える為、第二の東京構想に着手したら、いい時期かも知れません」

「その候補地が北の大地、北海道という訳ですね」

「その通りです！」

「昨今は、人類の無神経さによって、地球温暖化の厳しい時代ですが、その分北海道は以前より寒さも軽減されやや肌寒い。しかし、この条件が人間の働く意欲が出て活動的な環境でしょう？　そして作物等もコメ等の栽培は楽になったのではないでしょうか？」

村中は、「所謂、列島改造第二弾ですか？　それで、北海道に注目された訳をお聞かせ下さい」

村中は、新幹線の接続が出来、航空路の便利さもあるが、しかし、今一、心に響かなかった。治郎は言う。

「あなたもご存知の通り、日本列島は宿命的に自然災害の困難を乗り越えながら、世界に重要な立場を確立した歴史ある国と言えますね！　しかし、国家の基軸であるエネルギー政策が安定しません。政府は、このまま原発に拘る限り、新しいエネルギー政策は、思い切り前へ進めず、世界的にもエネルギー分野の後塵を拝する事となり、日本に芽生えている新しい産業にブレーキが掛かるでしょう。政府は誰に遠慮しているのでしょう？　早く切り替えなければ、この先、国を終わらせてしまう危険もあり、日本民族の危機を招くという観念があるのでしょうか？　そして、二〇二〇年の東京五輪を何とかやり遂げたとしましょう。政府は多額の資金を投入して、その重責から解放されて、ホッとし、その後、もぬけの殻と成らない様に、並行してその後の日本の姿をマネージする必要があるのじゃないでしょうか？　Ａ国大統領は政権を発進しました。かつてないその発信力は、世界に衝撃を与え、今後の日Ａ関係も不気味さが漂っている様です。日本は為替操作し、円安誘導している、ケシカラン……と、輸出産業は、今後為替が、円高に振れても、じたばたせず外国での設備投資は一切しない事です！　一時不利益を被っても、その分は、来るべき日本国内の大公共事業（後で記述）に資本投下する方が確実に利益を生み出します！　Ａ国大統領に尻尾を振って資本投下し、工場を造っても当事国の失業対策に貢献するでしょうが、先行き資本投下に見合うメリットは未知数です。横道に入りすいません」

治郎は、棚の引き出しから薄汚れた革の手帳を取り出し、挟んであるメモを手にして語りだした。

「村中さん、ご存知の通り日本の領土は、全体で約三十七・八万平方キロメートルと言われていますでしょ？　内訳は本州が、その六十一・二％、九州が十一・六％、四国が五％、沖縄は現在Ａ軍に殆どの場所を使われているので除きます。注目の北海道は、既存の町の他、手付かずの森林等を合わせて二十二・一％で面積は八万三千五百平方キロメートルあります。この土地が、日本の最後のお宝と成り得る、と考えられます！　しかし、今の道内は、産業基盤の弱さから不況が続き、年々高齢化と人口減少に悩まされている状況でしょう？　加えて、道民の足である鉄道路線も長年の赤字が解消せず、ＪＲ北海道は路線の継続は困難として、十路線十三区間、その距離一万二千キロの廃止を決定しましたね！」

「ええ、新聞で見ました」

治郎は、「最早、足が無ければあの広い大地は、観光どころではありませんよ？　このままの状況が続けば、あの大地は荒れ放題となり、野獣の平原となるでしょう。或いは、そんな事もないとは思いますが、日R交渉で最悪な決断がされた場合、北方領土の関連で、R国の思惑通り、シベリアから北海道までのパイプラインや、シベリア鉄道が敷かれたりしたら、R国人が、ビザ無しで大量に出入りし始める。それを見てB国人も獲得している土地にB国街を造り日本の各地に散らばって住んでいる不法入国者達も一斉に集まってくる。A国の基地も情報収集で、隊員を増やすでしょう。当然そこには、縄張り争い等のトラブルが発生し、日本最後の有効地は、第二の中東の二の舞となる事を想定せざるを得ません。日本に残された巨大な埋蔵金に匹敵する時価数千兆円の価値が、将来の開発の行方によって出現する可能性を秘めたお宝なのですよ？」

村中は、頷きながら答える。

「成程！　政府は、知ってか知らずか、北海道を見過ごして、北方領土に夢中に見えますね」

「ここで重要なポイントが一つあります。日本列島は、地震列島として世界中に知られていますが、この北海道は、かつてユーラシア大陸と陸続きでしたが、地殻変動で、大陸から切り離され現存する大地で、地盤が確りしている様です。文科省の地震調査研究本部の資料では、断層帯は当然随所に点在していますが、十勝平野は、過去の変動から既に二万年経過。石狩低地は、一万七千年以上変動なし。富良野は、西側は四千年、東側は三千年変動なし。函館平野は、一万四千年変動なし。その他サロベツ、黒松内、標津、増毛、沼田等々も地盤の変動はなく、断層はあるが、活断層は無いとされています。しかし、陸地の周りには、海溝はあります。海溝型の地震は、日本海溝、千島海溝の変動はこれからもあるでしょう。その周辺の町や、カムチャッカ半島から延びる千島列島は、千島・カムチャッカ海溝と言われ、その脇に北方領土の国後、択捉が存在しています。将来この二つの島も地震の影響はある可能性は否定出来ません」

「大沢さん、よく調べましたね～。北海道以外の本州、四国、九州では地震は頻発していますし、特に近未来に起こると言われている、東南海地震は不気味であり、北の大地は安定している、と言う事ですか？」

村中は、治郎の着想の意外な面白さに、身を乗り出して聞き入った。治郎は、手元のグラス酒を持ち上げ、二口程喉に流し込んだ。村中も、つられて一口飲み、

「政府は何故この大地を放っておくのでしょう？」と言うと、治郎は、

「地方の案件は、各地の代議士に任されていた為、国会では声の大きい議員の意向が反映され易く、大

学を作ってくれ、ダムを作ってくれ、等々の活動で地域の代弁者としての役割を主な仕事としておりました。国家の大局観は、時の政権の仕事であり、その着眼力は人間力であり、例えば、日本列島改造論等は、田中内閣の着眼でした、そのお陰で日本は飛躍したと、考えられます！ それで、北海道の大改造問題に戻りますが、日本列島はかつてないスケールの官民合同で国力を集中し、大公共投資事業と位置付け、向こう三十年計画で、予算規模数千兆円（年間で約百兆）を投入し、村中さんのお話の様に、スパコンの早期完成、農業の工業化、魚の陸地での養殖、と遺伝子組み換えによらない独自の技術で、食料の保存技術の進化と安定により、やがて来る世界的な食糧難に立ち向かう国として、我が国で必要とする量を充分確保し、更に余剰食糧を東南アジア、中東、アフリカ、南米等々世界的に出来るだけ安価での輸出を心掛け、更に先進医療・先進薬品の開発等々、日本の持てる近代技術を惜しげなく投入して、世界の発展途上国にも安心を輸出する唯一の国を目指すのです」

村中は、「世界の流れが変わり、昨今は自国の経済が厳しい国が増えてきそうな中、二十一世紀のミラクルジャパンの登場として、戦争と破壊の愚かさを漸く世界は学ぶ事になるかも知れませんね〜」

「そう思います！ そして民族が自国で生きられるように、基本となる農業技術を日本は、最低限の必要経費分のみで輸出する事で、移民は止まり、お国再建の平和の槌音が聞こえてくるでしょう」

「素晴らしいと思います。ところで大沢さん。先ずは、北海道大改革の具体案を聞かせて下さい」

治郎は、一枚のメモを片手に、そのラフプランを語りだした。

◎北の大地に現れる、地上・地下の二層都市……天地楼閣（列島凝縮都市）
（その面積は、十六万平方キロメートル）
①二〇五〇年迄に人口五千万人の複合都市形成（列島の減少分は植樹する）
②道内の海岸線に十ヶ所の特別海上保安部と自衛隊の陸・海・空軍基地設置
③地上の形
　a　自然利用産業（漁業・農業・観光・空港・港湾）
　b　地上・地下分散の発電施設・自衛隊基地・警察
④地下の形
　a　五百万人の住宅、インフラ設備、娯楽、交通網（モノレール）
　b　地下発電、太陽光を取り入れる窓（東大開発の窓利用）、空調施設
　c　学校、公園、ドーム施設、行政施設、病院、劇場等
　d　自動車は電気、水素に限定
　e　農産物工場、魚養殖施設、医療研究施設

f　大深度地下都市（世界初）を目標とする為、莫大な資金と、建設技術、労働力、時間を必要とする為、政府、財界、官界、学者等は一帯となって、国家建設の為、初のシェルター兼、大繁華楽園都市を作る為の真剣な根拠を各界に説得させ、一致協力を仰ぐ力が必要！　その為、どうしても憲法改正と、政策の刷新が求められます。日本を経済的に蘇えさせる未来が見えます！（他国に於いて今だに領土紛争を行う国は、その関係者をそっくり火星へ強制的に送り、穴掘りを国連が命ずる等大改革が必要でしょう！）

⑤第二皇居と国会分館、霞が関分館設置

a　食糧危機到来を想定し、長期間保存の利く加工食品の開発と輸出

b　海外の無駄な資本は（工場等）は徐々に整理

c　資源の輸入以外は当面内需中心の文化・輸出は徐々に形を変える

d　ＩＴ産業、スパコンは予算拡大

e　外国人は、限定審査により常駐は許可必要

⑥海底資源発掘事業の本格化（新エネルギーの独自開発）と海底遊覧

a　海底散歩の海中船開発…列島全体の海底遊覧により、地上の水族館は徐々に減らし（経費節減と本物の自然水族館の迫力を世界中の人々に満喫して頂く）

ｂ　日本列島のセキュリティ……日本近海に出没する不審船や潜水艦を排除する為、常時巡回（自衛隊の潜水艦は情報連絡により緊急出動しその不審船の船底二百メートル下に付いて監視する）

治郎は、概要を手書きしたメモを村中に見せた。そして、

「近年世界の不安定な国際情勢の中で日本は『どう生きるか？』。二千七百年に及ぶ日、出ずる国の歴史国家としてこれからも国民を守り抜き、豊かに生きられる道標をかざし、世界にも引き続き貢献する国の形を示していく！」

治郎の描いたお伽噺のラフプランの話を終えた。村中は、

「あなたのお伽噺は、面白い！　今の段階では一国民の妄想、提案のレベルでしょうが、しかし、この妄想は素晴らしい、硬直した官僚や政府、自治体に浮かばない発想と思います。もし、このお伽噺が実現したら、今の日本は、デフレを脱却し、雇用拡大、税収増加、給料アップ、景気回復、国中の産業がフル回転し末端迄お金が回り、経済は活性化するでしょう。体に例えるなら、血液の流れがいい事でしょう。そこには血栓という不良債権も出にくく、一九八〇年から九十年代のバブル景気を体験出来なかった人々も遅ればせ乍ら、笑顔で実感出来るでしょう」

「そう、江戸中期の元禄文化の再来ですか？」

「連想しただけでも愉快ですね～」

治郎は、「私は後で思いました。残念乍ら私にとっては、あなたの言う通り妄想であり、夢物語ですよ……二、三十年後は如何考えても私は、あの世での見物となりましょうから……」

村中も「そうでしたね！　私達は、年も考えずに夢を見ていたのですか？　ハッ、ハッ、ハ……」と二人で笑った。

村中は、真顔になって、「でも、大沢さん、この話は近未来の日本で是非、実現して貰いたいものですね！」と治郎と酒を交わしている。

あとがき

サラリーマン社会から、一線を退いた熟年戦士達、まだエネルギーを持て余している人々と、もう、へとへとになって、フラツイテいる人々、団塊世代の入り口の年、昭和22年生まれの人々も、既に70歳を過ぎている。彼等は、戦後の象徴の世代であり、日本再生の為に、身を粉にして働いて来た戦士達、ご苦労様！……今其々が、どんな環境にあっても、若き日の、あの溌剌とした精神性を持ち続けて欲しい物です。自由を謳歌出来るのは、己が世の中に貢献していると言う自覚があり、その代償として、稼ぎを得、納税をしてこそ、節度を持った自由が与えられる。自由は他に迷惑を掛けない、法に触れない事が自由の本質であると。団塊の世代は、既にビジネスの一線を退き、国からのお疲れさまと言う年金暮らしに入り（年金は少ない人々も多いが……）自由を謳歌するのは、現役時代の半分だと、クールに考えている様です。節度あるその後の生活が、実は健康にも理に適っているし、欲の自己規制をし、少しの我慢を己に課している模範人の様です。　一方で、〝人の行く裏に道あり花の山〟と、ある業界の格言もある通り、リスクを負わない常識的な道は、無難だが、人の通らない道は、一般的に、危険と不安のある道かも知れません。しかし、その道は絶景とか経験した事が無い感動、感激を味わえる道かも知れません。……あなたの人生は、如何展開したのでしょう？　個々の考え方の問題ですが、まぁ、概ね悔いの残らない人生だったと、80点を自己採点出来る人々は、定年まで正しい運転をして来た人々と推察されます。でも定年からまだ人生は、残り20～30年ある現代です。これからがある意味「どう生きる？」「笑顔で生きられるか？」組織から離れる不安と孤独、子息達の独立、連れ合いとの予期せぬ別れ等の不安に遭遇する誰でも経験する第2の人生でもあります。ですから、あまり遠くを見ず、最後の核となる己の身の回りを整理、整頓が必要かも知れません。同時に一つ確かな事は、身近に信頼出来る友人を1人位は確保しているか？　いないか？　が究極の安心対策だと言えるのでは……この国さえも、政府が舵取りを間違えば2、700年の歴史ある素晴らしい国家も失う事だって起こり得る危険な世紀なのですから……昨今、世界的にデジタル化が叫ばれ、世界中が近未来の文化の先端の如く囃されて実験国まで提示され、特に貨幣経済が行き詰っている国々に取っては、現状チャラにして切り替えのチャンスとでも思っているのか？　一方日本政府は、周囲に唆《そそのか》され、デジタル庁迄立ち上げて波に遅れまじと、ＩＴ技術者不足を補う為、海外企業（ＧＡＦＡ）と提携して迄、形を整えようとして、無駄な経費迄、捻出しようとし、みすみす国家の機密迄海外に握られる重大さを知ってか知らずか？　能天気な軽い政府を危惧すべきではないのか？　おまけに移民政策拡大に舵を切り、70万人もの無意味な人材を受け入れる法を決定している。その上、経済特区等を拡大し、外資が入りやすくなれば、国民を守って来た大事な規制も取っ払われ、公の国民を守って来た仕事がどんどん失われて行く？　その結果、広義の意味で公務員が、必要以上に減らされ、例えば医療等の国民向けの政策や、サービスが無くなって行く……予算削減が恰も正しい道だ！　と勘違いされて？　それら一連の国の体制は、後で取り返しの出来ない極貧国の入り口に入り込む！　日本を支えて来たのは、昔から匠の技を持つ中小企業、零細企業があるから大企業が成り立っている世界に誇る特別な国であり、他では真似出来無い技術大国なのです。この仕組みを、銀行法を改正させて融資を受け易くさせ、上場企業化させて、特殊技術を持つ企業の分割を仕組み海外大手はその企業と技術を株式で手に入れる（乗っ取る）この目的の為に中小企業法の改正迄させられている。政府の頭の軽さは、海外のハゲタカに赤子の手を捻る様に利用されて、素晴らしい日本の国力を失わされて行く？　此の儘で日本は主権国として、寿命はあるか？　植民地化して、国民は奴隷化の道を歩むのか？　今の緩い政権を取り換え、新しい本格的な政権を立ち上げ、海底に眠る資源の開発を他国に遠慮せず、国を挙げて大資本投資を自力で行う為、今こそ、悲願の憲法改正を成功させる。今なら、〃人、物、金、技術〃等は、賄えるだろう、資源省を立ち上げ、西側の（米、豪、印、英）と協定を結び、不良国を排除する為、４か国と資源開発の警備協定を取り交わし、成果に従い年間資源回収の５％を警備報酬として、無償提供の他、更に必要とあれば、市場価格の30％割引で提供等の契約を交わす他、難癖を付けられない様に、国連に対しても３％の無償提供を確約する。……これを契機に食糧等の自給率を大幅アップ出来る様、米、野菜、豆、小麦、肉、魚、果樹等々の生産基地を大幅に増やし、日本人の雇用に力を注ぎ、海外からの雇用や、留学生をどんどん減らして行く。日本人に失業者皆無を目指す大改革を新政府に掲げて頂く！　デジタル化は、ゆっくり必要な物を吟味して考えれば良いのでは無いでしょうか？

参考文献……治郎と浜子の夢の中で出て来る五頭山の山の成り立ち等、美香に聞かせる山の歴史は、１９８４年（昭和59年）初版の「五頭山のおいたち」（新潟日報事業社著書）の一部を私の記憶とメモを活用して記述いたしました。

新潟日報事業社一同様のご理解と、御礼を申し上げます。

著者略歴

笠巻伸宏（かさまきのぶひろ）

１９４１年（兵庫県西宮市生まれ）
新潟県立新潟商業高等学校卒。
１９６０年４月日本通運（株）新潟総括主管支店管財課入社を皮切りに社会の知識を広く得る為、多様な企業に経験を求め転職し、１９９０年独立して（有）ラックプラン設立し、23年間社会に其れなりに貢献し、２０１３年３月事業を終了し、現在に至る。
※２０１７年10月「宿老のつぶやき」（文芸社）を刊行。

近未来へ向かう道はあるか

2023年8月31日発行

著　者　笠巻伸宏
発行者　向田翔一

発行所　株式会社 22 世紀アート
〒103-0007
東京都中央区日本橋浜町 3-23-1-5F
電話　03-5941-9774
Email: info@22art.net　ホームページ：www.22art.net

発売元　株式会社日興企画
〒104-0032
東京都中央区八丁堀 4-11-10 第 2SS ビル 6F
電話　03-6262-8127
Email: support@nikko-kikaku.com
ホームページ：https://nikko-kikaku.com/

印刷
製本　株式会社 PUBFUN

ISBN：978-4-88877-251-8

© 笠巻伸宏 2023, printed in Japan
本書は著作権上の保護を受けています。
本書の一部または全部について無断で複写することを禁じます。
乱丁・落丁本はお取り替えいたします。